COLLEZIONE TWEENS

BEATRICE MASINI

LA FINE
DEL CERCHIO

romanzo

FANUCCI EDITORE

Della stessa autrice abbiamo pubblicato:

Sono tossica di te
Bambini nel bosco
Solo con un cane

Prima edizione: novembre 2014

via delle Fornaci, 66 – 00165 Roma
tel. 06.39366384 – email: info@fanucci.it
Indirizzo internet: www.fanucci.it

Stampato in Italia – Printed in Italy

Progetto grafico: Grafica Effe

BEATRICE MASINI

LA FINE
DEL CERCHIO

«Se camminiamo abbastanza a lungo» disse Dorothy
«sono certa che prima o poi arriveremo da qualche parte.»
L. FRANK BAUM, *Il meraviglioso Mago di Oz*

Prima parte

Il sonno

A svegliarlo fu il tintinnio degli alberi scossi: un rumore metallico, di cavi strofinati, ma sulla stessa tonalità, quasi una musica. Non capì subito dov'era. Il soffitto era stampato di righe pallide, ogni tanto un lampo di luce diversa, più forte, rapido; però senza il tuono. E su tutto il vento, che sembrava riprendere fiato tra una boccata e l'altra prima di infilarsi tra le case e le cose per trovare voce.

Si mise a sedere, ma lentamente, non nel solito modo guardingo, a scatti: era così tanto tempo che non dormivano al coperto. Non voleva fare rumore. Gli altri erano fagotti appena mossi dal respiro pesante del sonno: era così tanto tempo che non dormivano tranquilli. D'intesa avevano rinunciato ai turni di guardia, chiudendosi la porta alle spalle. Osso aveva fatto per spingerci contro un mobile, ma lui l'aveva fermato: «Così si fa» e aveva rigirato la chiave nella toppa, semplicemente. Strano, che fosse dentro e non fuori, la chiave. Ma era per quello che avevano trovato aperto. Altre porte, tentate, non avevano ceduto. Nessuno aveva più voglia di rompere niente, non quella sera, almeno. E poi era come se quella casa, di tutte, li avesse chiamati, scelti. E loro avevano scelto lei.

Si spostò fino alla portafinestra socchiusa, la fece scorrere sul binario: s'inceppò, oppose resistenza, ma solo per poco, poi cedette. Ci sono finestre che vogliono essere chiuse e finestre che vogliono essere aperte, pensò. Quella apparteneva alla seconda specie, per fortuna.

Uscì sul balcone. La sabbia cigolò sotto gli scarponi, schiacciata contro le piastrelle bianche che avevano trattenuto un loro splendore. Si chinò a passarvi un dito sopra: erano lisce e lucide, scostata la polvere. Si appoggiò alla ringhiera che la ruggine aveva rosicchiato piano, sfiorò le bolle di vernice spaccate dal sole e dall'aria. Gli sembrava che tutto fosse degno di nota. Alzò la testa verso la luna grande nel cielo, che disegnava una striscia mobile dentro l'acqua nera del porto. C'era qualche barca, barche piccole, di legno, quasi affondate, trattenute da corde legate alle bitte come cani lasciati in attesa. Cortine di pini, un folto macchione di cespugli molto densi, e tutti quegli occhi e quelle bocche di case vuote. Avevano già fatto il giro, l'avrebbero rifatto all'alba, ma era chiaro: lì non c'era nessuno. Era proprio il posto giusto.

Erano arrivati la mattina, col caldo. Dopo un lungo cammino nella piana desolata, gialla, ocra, l'orizzonte aveva cominciato a tremare, e ben presto si erano resi conto che non era il solito orizzonte di sempre, liquido e confuso di afa: quella che vedevano era una riga azzurra, sfavillante, viva. Il mare.

Loro non sapevano che cosa fosse, ma non l'avevano chiesto, nemmeno avvicinandosi e vedendo meglio. Camminavano e basta, chi incerto, chi baldanzoso, chi a passo strascicato, la testa incassata fra le spalle, come automi. Lui non aveva spiegato. Gli era passata la voglia da un pezzo. Tutta questa storia di *definire,* di *nominare* che gli avevano messo in mente Lassù. Non era la cosa più importante. Senza contare che molti di loro non avevano più la testa per accogliere altre novità. Bastava andare avanti, sopravvivere, giorno dopo giorno, farcela. Non sarà un gran disegno, si disse, ma è quello che abbiamo.

Avevano avuto una bella fortuna, comunque. Un paese deserto tutto per loro. Certo, con la luce e la calma avrebbero controllato. Da quelle porte poteva sbucare chiunque. Ma lui se lo sentiva: quel posto era rimasto lì, intatto e vuoto, proprio per loro. D'altra parte non è che facessero le cose a caso, Lassù. La Missione era chiara a tutti. E c'era spazio per tutti, senza creare confusione o contese. «Un pianeta è un posto grande» aveva detto Osso, la voce della verità. Chissà come gli venivano in mente certe cose, a lui che non sapeva niente, che praticamente era appena nato.

Erano tutti appena nati. Era la prima volta che facevano qualcosa insieme, qualcosa di vero, per costruire qualcos'altro.

La luna stava calando, presto sarebbe sparita, e il mondo sarebbe diventato piano piano color della cenere. Una cenere bella, quella che cova il caldo del fuoco e lo tiene vivo, quella che promette l'alba e il sole. Per tanto tempo si erano addormentati senza pensare ai risvegli tutti uguali che li aspettavano. Poter contemplare, in quel momento, qualcosa di sicuro e inevitabile e sempre nuovo come il sorgere del giorno gli diede un piacere che lo sorprese. Credeva di non poterlo provare più. E invece ecco una lacrima che gli scivolava sulla guancia, piano, come se anche lei esitasse, se non sapesse più trovare la strada. Com'era che diceva quella vecchia storia? 'Il paese delle lacrime è così misterioso.' Quando arrivò alle labbra e si fermò nel solco, troppo leggera per andare avanti, lui la leccò, per farla sparire. Sapeva di mare.

Il mare

Anche il mare sapeva di mare. Osso e Gawain lo bevvero a sorsate per sputarlo subito dopo: «Ma brucia!» «Che schifo!» Ria se ne mise una goccia sulla lingua, guardinga, e lo assaporò per bene, come faceva con tutte le cose. «Non è vero che fa schifo» concluse. «È solo un po' forte.»

«Non bevete: vi verrà sete, e non abbiamo ancora capito se l'acqua dolce c'è.»

«Se c'è me la bevo tutta io» disse Adela. Altair invece rimase zitto, già dentro fino alla cintola. S'immerse tutto con uno strillo e poi staccò i piedi dal fondo e cominciò a far schiuma con le braccia e le gambe. Gli altri esitarono per un attimo prima di imitarlo. 'Ci sarà sempre qualcuno che prende naturalmente il comando' diceva la lezione. 'Riconoscetelo e lasciatelo fare.'

La leggenda voleva che all'inizio il comando se lo fossero conteso Hana e Tom, i Primi Liberi. E che poi lei l'avesse ceduto a lui. «Non sarà sempre facile,» spiegavano «ma quando avrete riconosciuto il Prossimo Capo dovrete fare di tutto per metterlo alla prova.»

Avevano già fatto di tutto, tutti quanti. Erano tutti stati messi alla prova. Se erano arrivati vivi fin lì qualcosa doveva pur dire. Per quello che lo riguardava, era il momento di prendersi una pausa. Certo, con gli occhi aperti e la testa accesa. Ma al diavolo le regole, almeno per un po'. Tom non era diventato quello che era diventato infrangendole, le regole? Avevano bisogno di respirare.

«Ci sono delle cose lì dentro» disse Ria, i capelli incollati alla faccia. Era appena riemersa dopo un'apnea un po' troppo lunga, e ansimava.

«I pesci» disse il Vecchio. «Si mangiano.»

«Ma non si prendono» ribatté Ria, che evidentemente ci aveva già provato.

«Prima si prendono e poi si mangiano. Ma le mani non bastano, Ria. Ci pensiamo dopo.»

Lei lo guardò imbronciata: era proprio una bambina. Tutto subito. Avrebbe imparato la pazienza.

«Guarda qui!» Osso venne a galla con una grossa conchiglia in mano. Era ordinaria, arricciolata su sé stessa, e stava tutta nel palmo della mano: niente di speciale, ma per lui era la prima della vita, quindi era straordinaria comunque.

«Prova a telefonare.»

«Pronto? Pronto?» Osso la avvicinò all'orecchio, e dopo qualche altro tentativo cadde in silenzio, rapito. Ascoltava. «C'è qualcuno di là» disse con un sorriso dopo un po'. «Ma non sento bene cosa mi vuole dire. È una voce grande.»

«Già.» A un tratto erano tutti spariti sott'acqua in cerca di altri telefoni. «La sento anch'io!» «Anch'io!» E un nuovo silenzio, rotto solo dal sospiro dolce delle piccole onde che venivano a morire sulla sabbia.

«Come si spegne?» chiese Ria dopo un po'.

«Non si spegne mai.»

«E se si scarica?» Ria si rigirava in mano la conchiglia come in cerca di altri segreti.

«Tranquilla, non si scarica.»
«Io me la porto a casa» disse Ria, e poi si posò la mano sulle labbra, stupita.
La parola non andò perduta sugli altri. «Questa è casa?» chiese Adela.
«Allora siamo arrivati?» domandò Gawain.
«Può darsi» fu la risposta. «Prima dobbiamo guardarci intorno. Poi decideremo insieme se ci piace.»
Osso girò la testa a destra, poi tutta a sinistra, e per non sbagliare si voltò e rifece la stessa cosa dall'altra parte. «A me» annunciò «piace già.»

La donna

Non erano tutte chiuse, le porte. Alcune, come quelle del luogo in cui avevano dormito, erano state lasciate aperte. Si poteva immaginare il perché: l'affanno della fuga, la gran fretta. 'Molti avevano trovato rifugio nei piccoli centri lontani dalle grandi vie di comunicazione, dopo che le città erano state le prime a cadere' diceva il Manuale. Una tappa necessaria, la ricerca di un luogo più tranquillo, lontano dalle rotte del pericolo. Sfollati, li chiamavano nelle guerre dei secoli lontani: così precisava il libro. Una folla con una S davanti. Poi il conflitto era dilagato, e dovevano aver deciso che nemmeno lì erano al sicuro. Chissà dov'erano finiti, dopo. Chissà se avevano trovato un altro posto. Molto probabilmente no.

Al risveglio qualcuno era corso a spalancare la finestra. Le persiane di un azzurro stinto, sospinte via, avevano lasciato entrare la luce del giorno pieno, che invadeva senza pietà uno spazio grande, molto vuoto. Da una parte un divano ad angolo, bianco, coperto di cuscini verdi e azzurri. Dall'altra un tavolo, bianco anche quello, con parecchie sedie intorno, e sopra un grande lampadario di vetro trasparente che tintinnò alla brezza ritrovando la voce: ne pendevano globi, bolle, bastoncini pronti a sfiorarsi cantando. I bambini lo fissarono rapiti. Un raggio di sole attraversava il vetro stampando tracce d'arcobaleno sulla parete. Ria corse a toccarla, rise guardando le macchie di colore dilagare sul suo braccino, vi tuffò la faccia lasciandosi tingere. Gli altri risero.

C'era una scala. Di sopra si aprivano tre stanze, una accanto all'altra, tutte bianche, bianchi i grandi letti, bianchi i veli che li coprivano. Alla parete, una signora azzurra in piedi su una pecorella. «È bello, qui» disse Osso, e si sedette sul letto, piano, come se avesse paura di romperlo. La notte prima avevano dormito a terra, dove capitava, come sempre. Qualcosa cigolò sotto di lui, facendolo balzare in piedi. «Non è niente» fu rassicurato. Si risedette.

Tre stanze. Loro erano in sei: due femmine, tre maschi, e lui. Perfetto.

«Provate ad aprire l'acqua» disse il Vecchio ai bambini che nella foga dell'esplorazione si erano precipitati in uno dei bagni, una stanza piena di luce, grigia e rosa. «Sembra il dentro del telefono» disse Ria osservando le pareti.

«Come si fa ad aprire l'acqua? Pensavo che si bevesse e basta» disse Gawain. «O che uno se la buttasse addosso. Come si fa?»

Il rubinetto subito resistette, poi girò. Un fiotto bruno schizzò la porcellana, diventando via via sempre più chiaro. Ria rise e infilò la mano sotto il getto, spruzzando i compagni. «È fresca» disse. «E dolce» aggiunse, dopo aver fatto colare qualche goccia sulla lingua.

«Non berla» le dovette dire il Vecchio, controvoglia. «Forse non è buona.»

«Ma bella sì» disse Ria, sicura. Il rubinetto fu chiuso; lei era già scappata via. Troppe meraviglie in quel posto, e tutte in una volta sola.

«E questa?» Ria sbucò da un ripostiglio con una maschera da sub, di quelle semplici, da bambino nuotatore. La teneva tra le due mani, come un calice prezioso, e il boccaglio ciondolava appeso al suo anello di gomma.

«E questi?» Giustamente, Gawain aveva trovato anche le pinne e le aveva infilate al loro posto, e camminava a grandi passi cauti. «Chi ha tolto i piedi al gabbiano?»

«Nessuno. Sono finti, per l'amor del cielo» disse il Vecchio ridendo.

«Una cosa finta...» cominciò Gawain.

«È il contrario di una cosa vera» concluse Ria.

«E una cosa vera è quello che è» aggiunse Osso. Per non sapere niente, sapevano un sacco di cose.

«E lei chi è?» Adela non aveva badato a tutto quell'armamentario di oggetti estranei e fissava con reverenza un ritratto di donna all'essenziale, gli occhi e la bocca come ferite che versavano inchiostro nero, e rosso, sbavando sul fondo bianco. «Sta bene?»

Fu rassicurata, ma non le bastò. «Abita qui? Abitava?»

«Non credo. È una persona immaginata. Non c'è mai stata, se non nella testa dell'artista.» Troppe cose tutte insieme. Ma non c'era altro modo. Dovremo occuparci dei colori, si disse il Vecchio. Appena li troviamo.

La scuola

Dopo che ebbero deciso di prendere possesso della Casa della Donna, uscirono chiudendo bene la porta e scesero alcune rampe di scale che conducevano verso l'acqua addomesticata del porto. Lui sapeva quello che cercavano, ma non sapeva dove trovarlo: bisognava andare per tentativi. Fatto un lungo giro e imboccato un sentiero di mattonelle che tornava all'interno del paese, entrarono nel basso edificio giallino, quasi soffocato da un'immensa buganvillea screziata di arancio.

I banchi erano allineati in modo perfetto, preciso, come nella realtà lo sono solo il primo giorno. Furono tutti affascinati dalle misure delle sedie. Presero posto strisciando le gambe metalliche a terra in un fragore dissonante. Poi lo guardarono, in attesa. «E adesso?» disse Ria, le mani curiosamente intrecciate davanti a sé.

Lui andò verso la lavagna, scelse un gessetto, disegnò.

«Forte» fu il commento di Osso. «Possiamo farlo anche noi?»

«Sicuro» rispose il Vecchio. «Questo è il posto dove si imparano le cose. Per imparare bisogna provare.» E gli tese il gesso.

Osso si alzò scostando la sedia con un altro cigolio acuto. Prese il gessetto, fece un'espressione strana al contatto della materia sconosciuta con le dita. Poi lo passò sulla lavagna. Il gessetto si spezzò in due. «L'ho rotto» disse Osso, deluso, alzando lo sguardo verso di lui.

«Ma no. Vedi, ce n'è ancora. Avanti» lo incoraggiò lui.

Osso ritentò, più cauto, questa volta. Il gesso stridette sulla superficie nera. Nessuno batté ciglio. Erano tutti rapiti dal segno che scivolava fuori da quel pezzetto di materia bianca, come un nastro, una bava, una scia. Osso spinse il gessetto in su, poi in giù. «Non è niente» disse fra sé, un po' perplesso.

«Non è niente, ma diventerà qualcosa» disse il Vecchio. «Adesso però dobbiamo andare.»

Non fu possibile. Non prima che tutti avessero provato a maneggiare il gesso (veramente Adela lo assaggiò anche, e sputacchiò subito), e che la lavagna si coprisse di lunghi tratti candidi che non andavano da nessuna parte e non volevano dire niente. «Sono belli» commentò Ria alla fine, stropicciandosi le mani sulla maglietta.

«Torniamo domani» disse il Vecchio. Lo guardarono con sospetto.

«Magari non proprio domani. Ma quando ci saremo sistemati torneremo tutti i giorni» insisté. «È una promessa. Questo sarà il posto più importante per voi.»

«Dopo il mare» disse Osso, e tutti risero.

L'acqua

Finalmente la trovarono. Il supermercato era quasi vuoto, non come dopo un saccheggio, più come dopo un lungo inverno di chiusura: sugli scaffali erano rimaste le cose non deperibili, le bottiglie colorate e le scatole dei detersivi, le spugne, il cotone, la carta, ma non solo quelle. Sapevano di non dover toccare e incredibilmente obbedirono, aggirandosi cauti per quegli spazi immensi e strani, incapaci di distinguere gli oggetti dal cibo. Osso scoprì in un angolo un carrello, uno di quelli in miniatura che si davano ai clienti piccoli perché non facessero i capricci, e non resistette alla voglia di provare a spingerlo. Era arrugginito dalla salsedine, ma le ruote giravano ancora. «Portalo qui» gli ordinò lui. Varcarono una doppia porta: dovette tenerla aperta lui, per evitare che tornasse indietro e colpisse qualcuno. Era un mondo complicato, quello. Si ritrovarono nel magazzino.

La data di scadenza faceva sorridere, a leggerla. Sembrava impossibile che fosse mai esistito un tempo come quello stampigliato sul bordo delle bottiglie, tanto era indietro, tanto era *prima*. Ma l'acqua era muri e muri di confezioni che salivano torreggiando sopra di loro, un bosco di plastica in cui perdersi.

Il Vecchio la assaggiò sotto gli occhi di tutti. E se fosse stata orribile, intrisa di plastica, marcia? Ma no. Era davvero insapore, come dev'essere l'acqua. Anche se quella dei torrenti a cui avevano attinto durante la marcia era molto più buona, fresca, viva. Ma il sapore all'acqua, si sa, lo dà la sete. E comunque potevano ben accontentarsi. Il carrello servì a trasportarne parecchie confezioni.

«Questa sì che si beve» disse. «Questa la potete bere.» Sarebbe durata per un pezzo. E dopo avrebbero trovato il modo. Dopo era un'idea ancora così imprecisa: c'era solo oggi, ora, qui, adesso. Parole piccole e piene di senso.

La sera eccoli stanchi morti sotto il lampadario tintinnante. Non lo accesero: il lungo crepuscolo estivo bastava e avanzava per la cena. Nel magazzino del supermercato aveva riempito una borsa di biscotti, gallette, cracker e altre delizie. Non era un pasto sanissimo, ma poteva andare: poi ci sarebbero stati i pesci, e da qualche parte sulle colline anche della frutta, della verdura. Intanto si potevano mangiare erbe e radici.

Erbe, radici e caramelle. Queste scivolarono crocchiando fuori dai sacchetti trasparenti, coloratissime, strane. Il primo ad assaggiarne una, a cena conclusa, fu Osso. Se la ficcò in bocca tenendola tra due dita con sospetto. Quando il sapore gli esplose sulla lingua sgranò gli occhi. Si leccò le labbra per non perderne nemmeno un po'. Poi provò a parlare. «È...» Richiuse la bocca. Non riusciva a dire niente di sensato. Nemmeno gli altri. Sorridevano e succhiavano, contenti.

Spazzolini da denti, e dentifrici. Ecco cosa ci serve, si disse lui. Domani. Ci saranno di sicuro. Un dentista era molto, molto in basso nella lista delle cose importanti, ma proprio per quello era meglio non renderlo necessario.

***

Mi pare che se la cavino bene.»

«Per forza: li abbiamo mandati in un paradiso.»

«Non saranno tutti così fortunati.»

«La Terra è grande, e bisogna riempirla tutta.»

«Io un giro là da loro ce lo farei. Com'è che le chiamavamo?» Finse di non ricordare. «Ah, ecco, sì. Vacanze. Sì, mi piacerebbe proprio poter fare una vacanza da quelle parti.»

«Aspetta che riaprano gli alberghi...» Risata.

«Cosa ne pensi di lui?»

«Mi pare ottimo. Ha molta pazienza. Ci vuole pazienza, con i bambini.»

«Soprattutto se non lo sono mai stati.»

«Appunto: devono recuperare. Aspetta solo che si sentano a proprio agio, e vedrai. Non ti ricordi?»

«È passato molto tempo. Però mi ricordo, sì. Ricordo... Era spaventoso, emozionante. Era sempre tutto nuovo.»

«Per i bambini è sempre tutto nuovo.»

«Per questi di più.»

I cani

«Cosa sono?»

Ria corse a nascondersi dietro Gawain, poi riaffiorò, posandogli le mani sulle spalle, come appesa.

«Sono cani. Non ve li ricordate? Ve li avevo mostrati nel video» disse il Vecchio.

«C'erano troppe cose nel video» sbottò Adela, sulla difensiva. «Troppe per una testa sola.»

«Ma voi di teste ne avete tante. E comunque non importa. Ve lo dico adesso: cani.»

«Si mangiano?» chiese Osso.

«Ci mangiano?» domandò Ria, quasi allo stesso tempo.

Il Vecchio sorrise. «Né l'una né l'altra cosa. Sono amici. O meglio» si corresse osservando la taglia del capobranco «lo possono diventare.»

«Amico» sussurrò Ria, correndo avanti con i palmi delle mani verso l'alto. «Amicoamicoamicoamicoamico.» Non riuscì a fermarla. Anche gli altri si erano resi conto dell'imprudenza, e rimasero a guardare col fiato sospeso.

Stranamente il capobranco non si ritrasse e non attaccò. Abbassò la testa, la rialzò, curioso; grattò la terra con la zampa. Avanzò scodinzolando, a balzelloni, come se non vedesse l'ora di avere un compagno di giochi bambino. Le annusò le mani; poi gliele leccò. Era un esemplare formidabile, grosso e bianco, una sorta di terranova sbiadito, con un che di elegante e fuori luogo nel lungo muso troppo affilato per la stazza monumentale del corpo. Sotto le sue zampe s'infilò quello che un tempo si sarebbe definito un bassotto a pelo ruvido; però era color miele, il colore di un labrador, suppergiù. Cani alti, bassi, lunghi, larghi, tutti strani; uno minuscolo, poco più di un ratto, tutto nero, di quelli che un tempo le signore portavano in borsetta, ma col pelo ondulato e strano, come se avesse preso troppa umidità. Dovevano essere stati abbandonati nella fuga, e persi per le strade si erano accoppiati come non era previsto in nessun allevamento, e nemmeno dal buonsenso. Sembravano animali fantastici, buoni per una fiaba, un racconto inverosimile pieno di sorprese. Ma non era in fondo quello che vivevano loro, un racconto inverosimile pieno di sorprese? Che differenza c'era? E allora benvenuti strani cani. Il Vecchio rimase a braccia incrociate, di lato, a osservare la scena: pochi minuti, e ciascun cane aveva trovato il suo bambino, e viceversa. Osso un botolo arruffato, basso, le zampe un po' storte e gli occhi buoni; Altair un tipo elegante, dinoccolato, dal pelo riccio che ricadeva in lunghe ciocche come una tenda dalla lunga colonna vertebrale incurvata; Ria l'enorme quasi-terranova; Adela il cane piccolo color miele; Gawain una specie di bracco nero sempre in movimento, che correva davanti agli altri e tornava indietro come una sentinella o un esploratore. Gli altri dietro, il gruppo informe che s'imbranca e segue. Nessuno degli animali si avvicinò al Vecchio, né lui andò a cercare il favore di qualcuno. A lui, comunque, i cani avevano sempre fatto un po' paura, anche quelli piccoli, anche quando era piccolo. Ma i bambini sembravano essersela dimenticata, la paura. Forse, si disse, per entrare nel Mondo Nuovo non c'è altro modo.

I disegni

Li seguivano dappertutto. Cercarono di insinuarsi nella Casa della Donna, e fu faticoso spiegare ai bambini che i nuovi amici amiciamiciamici potevano, anzi, dovevano dormire fuori. Osso già si massaggiava furiosamente la testa: le pulci dovevano aver fatto qualche salto di troppo.

«Adesso li possiamo disegnare» disse il Vecchio, una volta chiuso bene il portone a vetri della piccola scuola. I cani cercarono per un po' di grattare il vetro con le zampe, poi si arresero; alcuni se ne andarono; altri, i più fedeli, si sedettero, il muso tra le zampe, in attesa.

Ma era troppo presto, aveva calcolato male. Proprio lui, così attento a suggerire loro soltanto cose che fossero in grado di fare, per non amareggiarli. Che errore. Facevano fatica anche solo a tenere una matita in mano; figuriamoci a guidarla sul foglio, che scappava via come se fosse stato vivo, si strappava nell'inciampo della mina troppo appuntita, o finiva spiegazzato sotto mani impazienti. Nel tentativo di porre riparo al guaio, ne disegnò lui uno alla lavagna, un cane molto imperfetto, una specie di grossa bolla con le zampe a stecco e le orecchie da asino; ma servì solo a farli sentire ancora più incapaci, perché nemmeno quello seppero copiare.

Osso lanciò la matita dall'altra parte della stanza. Gawain si limitò a lasciarla cadere sul banco. Adela si era già alzata, massaggiandosi la schiena come una vecchietta con la sciatica: non era abituata a quella strana posizione, a quello stare seduta a lungo. Gli altri fecero qualche sforzo in più; Altair riuscì a mettere insieme una specie di nuvola informe, e si stancò lì.

«Perché dobbiamo di... disegnarli se ce li abbiamo veri?» chiese Ria.

«Perché disegnare è bello» rispose il Vecchio.

Osso fece una smorfia. «Le cose belle sono quelle che ti piacciono» disse. «A me questo non piace.»

Il Vecchio sospirò di nuovo. Correva il rischio di fargliela odiare di botto, la scuola, se continuava così.

«Andiamo tutti alla spiaggia» disse infine, battendo le mani.

Erano già tutti fuori. Così veloci. Sono vecchio, pensò. E per la prima volta si sentì davvero così. A definirlo non era il nome che portava. Quello l'avevano scelto per dare un senso di autorevolezza, di importanza. Vecchio era ciò che c'era stato anche prima: un legame col passato, per non dimenticare. Vecchio era chi ne sapeva di più. Ma all'improvviso c'era dentro anche la stanchezza, un senso di resa, di incapacità crescente. Solo che non poteva permetterselo. Non ancora.

Nell'acqua

Fare il bagno, oltre a essere un ottimo modo per placarli, sfinirli e risolvere almeno per un po' il problema delle pulci, si rivelava giorno dopo giorno una prova importante. Il mare come un banco di scuola. Dal fondale basso ripescavano tesori di ogni genere: vetri colorati, schegge di conchiglia, stelle. Ogni oggetto, ogni piccolo essere era l'occasione per spiegare qualcosa. Nessuno si distraeva, allora, nessuno perdeva coraggio, se bisognava solo ascoltare. Stavano tutti in cerchio, nell'acqua fino alle ginocchia, o fino alla vita, secondo le altezze, e pendevano dalle sue labbra, stregati dal gioco delle piccole onde fresche che li percorrevano come carezze.

«Come hai detto che si chiama?»

«Paguro. Vedi, si porta la sua casa sulla testa.»

«Possiamo tirarlo fuori?» Le dita già ad artiglio, pronte a pescare, allungare, strappare.

«No. Saresti contento se qualcuno ti prendesse tra il pollice e l'indice, qualcuno gigante?»

Una pausa. «Non credo.» Dita abbandonate, mano ricaduta lungo il fianco.

«Perché?»

«Perché cosa?»

«Perché lui va in giro con la casa sulla testa e noi no? È comodo. Per quando ti spaventi.»

L'animaletto, solleticato, si ritraeva per l'ennesima volta, e dopo un attimo era di nuovo fuori, sventagliando le zampe trasparenti come ciglia.

«Bisogna smettere di spaventarsi, dopo un po'.»

«Ma la casa ti serve lo stesso.»

«La casa ti serve sempre.»

«A volte si sta meglio fuori.»

«A volte si sta meglio dentro.»

«Quando viene l'acqua del cielo.»

«Si dice piove.»

«Quando piove si sta meglio dentro. Dentro e il contrario di bagnati.»

«Asciutti.»

«Dentro e asciutti.»

«Ma pesa.»

«Cosa?»

«La casa sulla testa. Noi non possiamo mettercela sulla testa, pesa.»

«Appunto. Noi quando vogliamo andiamo al riparo. Non è il riparo a venire con noi.»

«E poi la nostra casa è grande: non ci sta su una testa sola.»

Risate.

«Giusto. È per quello che ci andiamo con le nostre gambe.»

«E le braccia?»

«Le braccia?»

«Lui, il paguro. Ce le ha, le braccia? A me sembra che abbia solo piedi.»

«Si dice zampe. Come quelle dei cani. Zampe.»

«Va bene, zampe. Ma le braccia? E le mani?»
«Lui non ne ha bisogno. È più semplice di noi.»
Silenzio, occhi perplessi.
«Più semplice: non parla, non ha la voce. E non si preoccupa. Pensa solo a riempirsi la pancia e a restare in casa.»
«Così non è bello. Non avere i pensieri.»
«Sì, però a volte i pensieri sono anche brutti.»
«Ma dopo quelli belli ritornano, e stai bene.»
«Io non voglio mai essere un paguro.»
«Infatti: tu sei un bambino. Poi diventerai un uomo.»
«Anche il paguro diventa un uomo?»
«No. Lui resta sempre quello che è.»
«Allora si stufa.»
«A me piace essere un bambino. Essere un uomo non lo so.»
«Non preoccuparti, ci vorrà tanto tempo per crescere.»
«Si mangia? Il tempo? È una cosa che si mangia e ti fa crescere? Me lo fai assaggiare?»
Anche il Vecchio rise, finalmente. Lo guardarono attoniti, senza capire. Era la prima volta che rideva così, senza limiti, come se non riuscisse a smettere. Rise e rise, fino a piangere.
«Stai piovendo» gli disse Ria.
Si asciugò le lacrime, si mise le mani sui fianchi. «Siete una bella banda» disse loro. «Mi piace stare con voi.»
Sorrisero. Il paguro scivolò giù dalle mani di Gawain, e nessuno fece per riprenderlo. Sparì nell'acqua intorbidata dal loro pestare. Si tuffarono tutti, come per seguirlo.

I film

Non erano solo bambini di natura. La televisione, per esempio, fu un enorme successo, tale da dover essere subito misurato, dosato.

Era importante che ci fosse l'elettricità. Non la usavano sempre, in casa non ce n'era bisogno; però rese molto più semplici un sacco di cose: accendere i fornelli per cucinare invece che ricorrere al fuoco sulla spiaggia, scaldare l'acqua per lavarsi, e anche conservare nel frigorifero riattivato i pesci che pescavano e non mangiavano subito.

Allo schermo grande e piatto che campeggiava in un angolo della Casa della Donna, proprio di fronte al divano, non avevano nemmeno fatto caso. Ma quando per la prima volta il Vecchio puntò il telecomando e il quadro nero si riempì di righe rumorose, tutti alzarono la testa e lo sguardo dalle loro stanche occupazioni serali per guardare rapiti.

«Sembra della gente che parla e non si capisce» disse Altair.

«Sembra la tempesta e il vento tutti insieme» disse Gawain, per non essere da meno.

«Sembra...» Adela non riuscì a trovare nessun paragone.

Il Vecchio scelse una scatola sottile dalla fila disposta sotto lo schermo. La aprì, e sotto i loro occhi incantati ne estrasse un disco d'arcobaleno. Lo diede in pasto a una fessura che lo inghiottì. Azionò di nuovo il telecomando, e lo schermo si riempì di figure, e le loro orecchie di musica.

Due ore dopo, a film finito, erano ancora immobili, quasi nella stessa posizione dell'inizio.

«Cos'era?» chiese Osso.

«Una storia, no?» rispose Altair, sprezzante.

«Una storia si dice e si ascolta» osservò Gawain, preciso. «Questa si ascolta e si guarda.»

«Ma è sempre una storia» ribatté Altair. E aggiunse, con aria di sfida: «O no?»

Il Vecchio spiegò: «Ci sono tanti modi di raccontare le storie. Questo è un film.»

«Ma escono? Scappano? Vanno via?» chiese Osso, preoccupato.

«Ce n'è ancora?» chiese Adela.

«Per stasera no» rispose il Vecchio. «Domani sì. E no, non se ne vanno. Stanno lì.»

«E possiamo rivederli?» domandò Osso.

«Certo.»

«Adesso» disse Osso. «Adesso li rivediamo.»

«Adesso si va a dormire» disse il Vecchio.

Osso lo guardò con sdegno prima di abbassare gli occhi, quasi stupito del proprio ardire. Ma poi rialzò lo sguardo e lo tenne allacciato al suo, insistente, spavaldo.

Un film ogni sera, quella era la regola. Solo la sera, perché il giorno era fatto di molte altre cose. Preferivano i cartoni, ma c'era tutta una collezione di vecchi film di animali, cani eroici, cavalli veloci come il vento, e amavano molto anche quelli. Poi, alla fine, facevano un sacco di domande, e di botto, senza preavviso, sprofondavano nel silenzio.

Quasi si sentiva il lavorio delle loro teste, un ronzio insistente di ingranaggi che si allacciavano ad altri ingranaggi. Dal silenzio al sonno il passo era breve, come se tutto quel pensare e considerare immagini li sfinisse. Chissà di che cosa erano popolati i loro sogni. Qualcuno, si disse il Vecchio, si divertirebbe a vederli, ne farebbe il suo cinema.

Al risveglio ricominciavano a parlare di quello che avevano visto, subito, come se non si fossero mai spenti.

«Ma perché quella bambina guarda sempre le nuvole?»

«I lupi sono cattivi?»

«Dove si prende un orso?»

«Posso avere un arco e le frecce?»

«E un vestito rosa?»

Si rispondevano pescando tra le poche cose che sapevano o supponevano o deducevano. Gli orsi e i lupi erano belli e buoni, i cavalli troppo veloci e grossi, i vestiti strani. «Le bambine là dentro non si mettono queste cose qui» e Adela si guardò con disgusto la casacca grigia, i pantaloni molli, i sandali di cuoio e gomma che rendevano i piedi simili a due grossi insetti sgraziati. «Le bambine sono fortunate.»

«Anche Heidi ha il suo Vecchio» disse Ria. «Come noi.» E fissò il Vecchio, che la guardò e annuì.

«Tutti hanno un Vecchio» aggiunse Osso con l'aria di chi la sa lunga.

I colori

Bisognava tornare a scuola, quella vera, non quella del mare. Ma piano, per gradi, senza spaventare nessuno. Il Vecchio scoprì nell'armadio di una delle classi parecchi barattoli di tempera rinsecchita. Ci andò di nascosto, mentre dormivano, a diluirla, perché non poteva sapere se ci sarebbe riuscito e voleva risparmiare loro una delusione. Doveva essere un colore resistente, fatto apposta per durare anche da asciutto, perché ridivenne subito lucido ed elastico.

La mattina dopo li riportò nell'aula. Lo seguirono sospettosi, già irritati. Era presto per un'altra dimostrazione della loro incapacità.

Li sistemò nei banchi su cui aveva preparato enormi fogli leggeri che ricadevano agli angoli come tovaglie. C'erano i pennelli, anche. Adela se ne passò uno sul polso e rise per il solletico. Poi lui distribuì i barattoli di tempera risvegliata. «Potete usarli così» e mostrò come intingere il pennello, e poi passarlo sul foglio. «O così.» E, posato il pennello, immerse due dita e le stropicciò sulla carta come per asciugarle, disegnando una breve autostrada gialla.

In un attimo le espressioni dubbiose svanirono. Erano di nuovo vigili, attenti, nuovi. Lavorarono senza parlare per più di mezz'ora; si sentiva solo il loro respiro accelerato e ogni tanto una piccola esplosione di allegria, o ansia, o tutte e due le cose insieme. Lui passava tra i banchi come facevano una volta i maestri durante i compiti in classe, senza commentare, guardando sopra le spalle. Loro non cercavano approvazione; erano troppo impegnati.

Alla fine, le dita sporche, macchiati dappertutto, smisero di lavorare e si guardarono intorno quasi tutti allo stesso momento, come se il loro tempo d'attenzione fosse identico. Avevano l'aria stranita di chi si sveglia di botto da un sogno e non si ricorda più dov'è.

Era identico anche quello che avevano dipinto. Le loro mani. I polpastrelli, i palmi, tutto insieme, come quegli alberi di impronte un po' belli un po' terribili che facevano i bambini all'asilo quando ancora c'erano gli asili, per segnare il loro passaggio al mondo.

«Bravi» disse loro.

Non se lo aspettavano. Il Vecchio non si sprecava in complimenti. Le cose andavano fatte, e basta. Anche quelle difficili. Anche quelle strane.

Prese i fogli uno a uno, senza badare al colore che ancora colava segnando lacrime gialle, rosse, blu, e li appese intorno all'aula. Alla fine si ritrovarono foderati da una cortina di mani.

«Sono importanti, vero? Per quello le avete fatte?» chiese loro più tardi, mentre si lavavano via il colore di troppo nell'acqua bassa della spiaggetta, al porto.

«Era la cosa più facile» rispose Osso per tutti. «Era quello che avevamo.»

«Ma c'erano anche i pennelli.» Il Vecchio mimò l'atto, per ricordarlo loro. «Quei bastoncini pelosi...»

«Ah, sì» disse Adela. «Ma con la pelle veniva meglio. Si *sentiva* di più.»

Sentire: il Vecchio s'interrogò sulla parola come se fosse nuova. Quante cose voleva dire. L'orecchio, il tatto, il cuore: era tutto annodato, tutto lì. Salì sulla terrazza in cima alla casa, a guardare la luna che cresceva nel cielo. Era bello che sentissero di nuovo. Bello e pericoloso. Tutto in una volta, tutto il mondo da riscoprire, da imparare. Forse troppo. Ma non c'era altro modo, non c'erano dosaggi, e non c'era nemmeno il tempo di fare diversamente. Falso: avevano tutto il tempo del mondo. Vero: non si poteva aspettare.

Lascerò che sentano, si disse, e vedremo.

«Stanno bene, cosa dici?»

«Mi pare di sì.»

«Con tutti quei lussi, la luce, la tv.»

«Non è che si debba ripartire per forza dall'Età della Pietra. Qualche vantaggio devono pur averlo, questa volta.»

«La luce non è un vantaggio. È un miracolo.»

«Il miracolo è quello che stanno facendo laggiù.»

«Tu te lo ricordi com'eravamo noi?»

«Eccome, se me lo ricordo.» Una risata spersa in un colpo di tosse. «Nervosi. Temerari. Non avevamo paura di niente.»

«Su questo ti sbagli. Io avevo paura.»

«Certo. Tu sì. E gli altri nemmeno un po', perché la portavi tu addosso per tutti.»

«Il Portatore della Paura. Non avevo mai pensato a me stesso in questo modo.»

«L'uomo dai molti nomi.»

«Ero solo un ragazzino. E forse non sono mai cresciuto, sai? Sono rimasto lo stesso, fermo nel tempo, per tutti.»

«Ogni epoca ha bisogno dei suoi eroi.»

«E quando non esistono se li inventa.»

«Non dire così. Non eri niente male, sai.»

«Io volevo solo far bene le cose.»

«Ti sembra poco?»

In viaggio

Con fatica trassero a riva alcune delle barche più piccole che galleggiavano a pelo d'acqua nel porto. Ce n'erano di marce e distrutte; ma un paio sembravano riparabili. Il Vecchio si concentrò su un gozzo dall'aria solida: lo ribaltarono insieme e lo lasciarono asciugare. «È una nave, vero?» disse Gawain. «Solo che invece di andare nello spazio va sull'acqua.»

«Giusto» disse il Vecchio. 'Nave' era una parola appropriata, più avventurosa. Avevano bisogno di esagerare un po'. «Come fai a saperlo?»

«Ho visto dei... quadri. Là dentro» e indicò uno dei negozi che si affacciavano sulla piazzetta, proprio sopra di loro.

«Posso vederli anch'io?» chiese Ria. «Adesso?» Era la più pigra, o forse solo la più debole, e ogni scusa era buona per sottrarsi al lavoro.

«Adesso no, dobbiamo metterla a posto per vedere se funziona ancora. Insieme. E poi insieme andremo da qualche parte.»

«Ma io volevo vedere i quadrati» protestò Ria.

«Si chiamano quadri» la corresse Gawain. «E si fa come dice lui.»

Ria si mise all'opera, svogliata. La carta vetrata sfuggiva alla pressione poco convinta delle sue dita. Sembrava che lo facesse apposta.

Il Vecchio non dovette intervenire. «Tienila meglio, così.» Gawain le aggiustò la presa. «E datti da fare, o quando partiamo ti lasciamo qui da sola.»

Gli occhi dilatati, Ria lavorò con un impegno diverso. L'odore di vago bruciato del legno graffiato si diffuse nell'aria assieme al pulviscolo. Ogni tanto qualcuno scoppiava in uno starnuto, o si stropicciava gli occhi. Facevano una pausa, lasciavano che la polverina si depositasse, e ricominciavano.

Dopo una settimana la barca era pronta, incatramata a nuovo, ridipinta. La rovesciarono e la spinsero in acqua, aspettando il miracolo. E sì: galleggiava. Il Vecchio salì, ne saggiò la tenuta percorrendola avanti e indietro. Sembrava a posto.

La mattina seguente partirono. Avevano ripulito il motore, trovato benzina nel deposito, riempito il serbatoio. «Tossisce» commentò Osso. «Starà bene?»

Stava bene. Li portò serena fino alle isolette appoggiate sull'orizzonte. Via via che si avvicinavano i profili divennero più precisi e distinti. Tre erano tondeggianti. La quarta aveva una sagoma più scoscesa e irregolare, e c'era più roccia a comandare il disegno, ma la spiaggia era lunga e chiarissima, una striscia quasi bianca a separare l'azzurro chiaro dell'acqua dal verde miracoloso dei cespugli che riempivano gli spazi tra i grandi massi rossicci in bilico gli uni sugli altri, un equilibrio saldato dal tempo. Manovrò il timone in modo che finissero proprio là. A qualche metro dalla riva spense il motore e scese: l'acqua gli arrivava a metà coscia. I bambini lo imitarono, anche quelli piccoli, che a stento toccavano. Ma quell'acqua trasparente non faceva paura a nessuno.

Insieme trassero la barca a riva, insieme andarono in esplorazione. Al di là del bordo di rami e legni sbiancati dal sole, quasi uno steccato naturale, la sabbia si era conservata finissima e pulita, coi suoi orli di conchiglie di tutte le misure, alcune anche grandi e belle, oltre la solita monetaglia di telline e cozze spaiate. I più piccoli si accovacciarono, pronti a setacciare il tesoro in cerca di qualche miracolo. I grandi invece s'incamminarono tra i massi, guidati da Gawain che s'era armato subito di un lungo bastone quasi diritto, imitato dagli altri, e si puntellava con destrezza nei passaggi più ripidi. Il Vecchio avrebbe dovuto guidarli e invece li lasciò andare. Ogni tanto sentiva le loro grida, le risate, una parola, un'esclamazione. Poteva immaginare ogni singolo momento: la scoperta di un fiore grasso e rosa nascosto nella penombra, un sasso più aguzzo che perforava le suole di gomma e feriva la carne, lo scorcio insospettato dopo due, tre svolte: «Vedo il nostro posto!» Si rese conto che non aveva un nome, *il nostro posto*. Ce l'aveva avuto, certo, e in cima alla salita, dove finivano le case, c'era ancora un cartello sbiadito che lo portava: ma quello era il nome di prima, e non c'era più nessuno a ricordarselo. Dovremo trovargliene uno nuovo, si disse. Ma era stanco, stordito dal sole e dal vento. Si trascinò fino all'ombra di uno spuntone più profondo degli altri, che formava una sorta di tettoia alta sopra di lui. I piccoli erano in vista, sguazzavano nell'acqua bassa, ridevano solleticati dai pesci senza paura che si avvicinavano ai loro piedi. Andava tutto bene. Senza accorgersene s'addormentò.

Il grido lo portò indietro troppo in fretta da un posto

molto bello, tutto bianco e vuoto, dove galleggiava senza avvertire peso o dolore. E la prima sensazione fu proprio di dolore, una fitta potente alla schiena quando si mise a sedere troppo in fretta. La ignorò: era già in piedi. «Venite! Aiuto!» I piccoli si stavano già arrampicando su dove avevano visto sparire gli altri. Doveva aver dormito un pezzo, perché la luce era diversa, più bionda, meno abbacinante, e anche il mare aveva la tinta scura del pomeriggio. «No! Fermatevi!» gridò. «Vado io! È pericoloso!»

Ma dall'alto arrivavano risate, esclamazioni. Niente di terribile, niente urla o gemiti o silenzi troppo carichi. Faticò a salire, facendo leva sulle braccia quando i piedi sembravano cedere sopra le briciole di roccia che scivolavano giù a cascatelle. Ansimava, aveva il respiro che gli scoppiava in gola. A quel ritmo, se anche ce ne fosse stato bisogno, non avrebbe salvato nessuno.

Non c'era nessuno da salvare. Avevano formato un cerchio, in piedi, dandosi la mano, un gioco da bambini antichi, già dimenticato al suo tempo: e in mezzo, belante, frastornata, saltellava una capra bianchissima, con la barba lunga da vecchio saggio, piccole corna a uncino, un vello da animale fantastico. «Non facciamola scappare! Adesso è nostra!»

Avrebbe voluto contraddirli, non era proprio di nessuno: e portarla indietro in barca era fuori discussione.

Non aveva fatto i conti con la loro testardaggine.

«Ci darà il latte» disse Ria, tranquilla.

«Come le capre di Heidi!» rise Adela, seguita da Osso.

«Faremo il formaggio» aggiunse Gawain, come se fosse la cosa più ovvia.

«Poverina» concluse Altair. Il Vecchio si arrese e li lasciò fare. Li guardò mentre correvano avanti e indietro e su e giù, dalla barca alla riva e ritorno, a turno, portando quello che credevano utile: una corda, un ciuffo d'erba. La capra, non abituata alla presenza umana, si risentiva di tutto, dell'odore di quegli esseri urlanti che la circondavano agitandosi, della loro vicinanza eccessiva, dell'impudenza con cui le carezzavano il vello, convinti di poterla dominare. Ma lei scalciava, incornava: si ribellava come poteva. Erano decisamente stanchi e quasi sconfitti, e l'animale era ancora lì, immobile, gli zoccoli piantati per terra, vibrante di resistenza, quando Osso cominciò a canticchiare. Una canzoncina acuta, fatta di versi più che di parole, su tre note ripetute.

La capra, forse sfinita quanto loro, si accucciò. «Sembra un unicorno» mormorò il Vecchio guardandola. Davvero pareva un animale fantastico di un qualche medioevo, la barba che quasi sfiorava terra, circondata com'era di bambini vestiti di stracci come piccoli mostri di un bassorilievo.

«Cos'hai detto?» gli chiese Ria, pianissimo. Il Vecchio si posò un dito sul labbro, chiedendole il silenzio. E in silenzio discesero il sentiero tra le rocce fino alla spiaggia, dopo aver in qualche modo imbrigliato la capra e averla convinta a seguirli, e riuscirono a farla salire sulla barca sollevandola in due, e Osso non smise mai di accarezzarla mentre calava la sera e andavano verso casa seguendo la strada luminosa disegnata dal sole sull'acqua.

Bene: avevano una capra. Una capra, una casa, una

scuola, i colori, il mare. Il Vecchio si disse che era un elenco strano: non si poteva dire che cosa mancasse, partendo da meno di zero. Siete fortunati, pensò, perché tutto è necessario e niente lo è, e tutto quello che arriva è un miracolo e una sorpresa di cui essere grati. Dovevano essersi sentiti così, forse, gli uomini all'inizio del mondo. No, la differenza era che quelli non lo sapevano, di essere all'inizio del mondo: stavano lì e basta, e cercavano di cavarsela perché era quello che diceva loro l'istinto, un grillo sempre sveglio che suggeriva di resistere e provare. Loro invece della Missione erano perfettamente al corrente. Anche se era strano: come essere a scuola, dover scrivere e avere il foglio ma la penna no, o viceversa. Mancava sempre qualcosa di fondamentale, e dovevano darsi da fare per ottenerlo, o inventarlo, o scoprirlo. Nella vita di prima sarebbe stato il punto di partenza perfetto per un videogioco. Solo che non era un gioco.

Eppure il solo modo di affrontarlo e farcela era proprio quello: giocare. Provarci, buttarsi. Correre rischi. Il peggio che potesse succedere era che perdessero. Perché non c'era modo di ricominciare. Era come avere a disposizione una partita sola. O quella o niente.

L'idea del niente, anche solo l'idea, lo riempiva di rabbia: dovevano farcela. Erano svegli, voraci.

Erano l'unica possibilità.

I vestiti

Non erano importanti, ma il Vecchio pensò che sarebbe stato divertente. E nel pensarlo sorrise: se erano arrivati a quello, a non doversi procurare solo le cose necessarie, voleva dire che ne avevano fatta, di strada.

Ormai avevano anche gli orti. Non era stato granché faticoso: c'erano già, al limitare del paese, dove le case finivano e restava solo una gran distesa di verde arruffato. Esplorando, un giorno, li avevano trovati: ancora cinti da reti che i rampicanti avevano sopraffatto, ancora riconoscibili dalle sfumature diverse del verde: più brillante, più pallido, più opaco. C'era di tutto, un disordinato di tutto. Avevano trovato zucche flosce e peperoni raggrinziti; sfilato dal suolo senza fatica le cipolle, i finocchi, radici buone. Il primo raccolto casuale era stato facile. Poi avevano diradato, ripulito, raccolto semi, e aspettato, e ripiantato. Era un lavoro di pazienza e per questo non lo amavano: preferivano le cose veloci, il tutto subito. Ma dovevano imparare.

«Quando non ci sarò» aveva detto il Vecchio un giorno che avevano ancora le mani, le ginocchia, i piedi coperti di terra e si erano stesi esausti in riva al mare prima di tuffarsi a lavar via lo sporco «dovrete continuare voi. Senza verdura e frutta il corpo non è contento.»

«Il mio sì» aveva detto Osso improvvisando una specie di danza e buttandosi in acqua a peso morto; e tutti a ridere.

Più tardi aveva preso da parte i grandi. «Dicevo sul serio. Dopo dovrete pensarci voi, tutti insieme. Altrimenti vi ammalerete.»

Gawain e Altair avevano annuito, molto seri. «Dopo quando?» aveva domandato Gawain.

Era per dissipare quella specie di malinconia che gli era venuta l'idea. Negozi ce n'erano parecchi sotto le arcate della piazza; non vi erano ancora entrati perché avevano avuto cose più importanti da cercare. Ma bastò spingere con decisione la porta bianca e gialla di quello più grande. Subito resistette – si era gonfiata con l'umidità – ma infine cedette, strisciando sul pavimento.

In vetrina c'erano solo cose pallide, fantasmi di vestiti appesi ai manichini: la luce aveva sbiadito e uniformato tutto. Ma dentro, sugli scaffali nell'ombra, i colori erano rimasti vividi. L'odore era buono, di tessuto nuovo.

Il Vecchio passò dietro il bancone e cominciò a sfilare le pile di magliette dai loro posti. Le distese, una a una, tenendole per le spalle e facendole schioccare nell'aria come bandiere. «Questa sembra della tua misura, Gawain. Per te, Altair. E poi...» Si spostò dietro un altro bancone su cui sorrideva la sagoma di cartone di un bambino sdentato. Scelse cose rosa, gialle, arancioni. Si aprivano come corolle di fiori sotto le sue dita. Le bambine lo guardavano incantate. Da una rastrelliera prese un attaccapanni a cui era appeso un abito da festa: bianco e azzurro, la gonna ampia e gonfia, un fiocco sulla schiena come un regalo pronto per essere consegnato. Ria si avvicinò, le mani avanti, come magnetizzata. Sfiorò la stoffa: i veli le si impigliarono alle dita, poi ricaddero. Ritrasse le mani, come se si fosse scottata. «A cosa serve?»

«A metterselo» disse il Vecchio con un piccolo sorriso. «È un vestito.»

«Questi sono i vestiti» disse Ria, indicandosi la tunica strappata, i pantaloni molli.

«Anche questo è un vestito. Vedi?» E le indicò i poster appesi alle pareti: mostravano bambini puliti e sorridenti, di tutte le età e tutti i colori. Una bimba dalla pelle scura teneva le braccia spalancate e la testa rovesciata indietro: dalla sfocatura si capiva che stava girando su sé stessa, avvolta in un fascio di tulle identico a quello che lui reggeva in mano.

Ria si avvicinò al poster e lo sfiorò con il dito indice. «È bella, questa bambina.»

«Sei bella anche tu» le disse il Vecchio. E le porse il vestito.

In un attimo Ria rimase nuda. Cercò di infilarsi l'abito dal basso, ma le si impigliò nella pancia, un groviglio di strati e veli. «Non così» disse il Vecchio, e la aiutò a uscire dal vestito, e glielo resse sopra la testa facendole tendere le braccia in alto. La stoffa questa volta scivolò liscia come acqua su un sasso. «Ecco, così.» Chiuse la cerniera sulla schiena. «Fatti vedere.»

Era buffa, Ria, le braccia e le gambe stecche, brunite dal sole, che sbucavano dalla nuvola. Fece anche lei un giro su sé stessa, un gesto d'istinto. Gli altri la guardavano come se non l'avessero mai vista prima. «Ma è...» cominciò Osso.

«Sì. È bella. Sicuro.»

«Non dicevo quello. Dicevo che è un'altra.»

«No no, sono sempre io» disse Ria, fermandosi e barcollando un poco.

«Voglio anch'io essere come lei» sbottò Adela, che aveva contemplato la scena con una mano sulla bocca.

«Vediamo» disse il Vecchio. Fece scorrere gli attaccapanni sulla rastrelliera, indugiò su un abito corto, giallo, con le maniche a palloncino e file di perline ricamate sul petto. Lo prese e lo tenne a mezz'aria. «Questo?»

Adela sorrise. «Ha il colore del sole e del girasole» disse. In un attimo l'aveva indosso. Provò a girarsi, come aveva fatto Ria, ma la gonna era stretta, non si scostava dalle gambe. «Non si gonfia» disse, un po' delusa.

«Ma è bello lo stesso» intervenne Gawain. «Bello non è sempre la stessa cosa.»

«Ne voglio uno anch'io» intervenne Osso. «Uno uguale.»

«Uguale non c'è» disse il Vecchio senza battere ciglio. «E poi i maschi...»

Si trattenne. Maschi, femmine. Che differenza faceva? Che differenza poteva fare? Al momento, almeno.

«Uguale non c'è» ripeté. «Ma ce ne sono altri. Dài, vieni. Scegli.»

Quando uscirono dal negozio, richiudendo bene la porta perché non entrassero gli animali, erano pieni di colori. Gawain era verde, Altair azzurro cielo; Osso aveva scelto una maglietta a fiori rosa e arancione e un paio di pantaloncini corti rosa, perché alla fine il vestito, una volta provato, si era rivelato scomodo, si impigliava fra le gambe, grattava. I colori sarebbero impalliditi. Quella prima gioia di vederli belli no.

«Ci mancava solo il vestito della festa.»

«Non è il vestito della festa. È il primo vero vestito che possiedono.»

«Non doveva essere un mondo senza proprietà?»

«Oh, andiamo. Lasciali divertire.»

«Non serve a niente. È inutile.»

«Da quando in qua le cose inutili non servono a niente?»

Pericolo

La tosse di Osso era peggio di quella del motore della barca. Lo scuoteva tutto, si accendeva e non si spegneva, e quando finalmente si placava lo lasciava sfinito, con gli occhi pieni di lacrime. All'inizio lui cercava di far finta di niente; la soffocava voltandosi, restava indietro per non farsi vedere e sentire. «Mi fa male» ammise alla fine. «Mi fa male qui.» E col pollice s'indicò il petto.

Le ingenue pozioni di erbe che il Vecchio gli aveva preparato le sere prima non erano servite a niente. Non era un guaritore, lui. Ci aveva soltanto provato. Quando lo vide barcollare lo prese in braccio, violando una regola. Al diavolo le regole, si disse. Ormai non ci guarda più nessuno. Si sedette su un muretto, trasse a sé il piccolo e appoggiò l'orecchio al torace liscio e scuro. Il respiro era a strappi; qualcosa lo bloccava, e poi si liberava come un uccello in fuga per accartocciarsi di nuovo all'ansito seguente. Non ci voleva molto per dare un nome a quella cosa.

Riportò Osso a casa, sempre reggendolo tra le braccia, e ordinò a Ria e Adela di restare con lui. A casa non si stava mai, di giorno; il giorno era fatto per andare in giro, scoprire, fare le cose. «Non uscite, dategli da bere ogni tanto, tenetelo coperto e tranquillo» disse. «Non fate rumore, deve dormire.»

Annuirono senza nascondere la perplessità. «Dormire

adesso?» disse Ria, indicando il cielo con un gesto della mano. Le sembrava una cosa inaudita.

«Dormirà, perché è stanco.» Lo coprì con un lenzuolo leggero, socchiuse le persiane, e uscì.

La farmacia era al limitare del paese; ci erano passati davanti un paio di volte, e aveva sperato di non averne bisogno. Il rischio che il tentativo fosse vano era altissimo. Ma non c'era altro modo, bisognava provarci. Spiegò a Gawain e Altair che cosa dovevano fare. La saracinesca era abbassata; il vetro ancora intatto. Non per molto.

Erano in tre e ce la misero tutta, ma forzare la serratura fu una fatica. Avevano recuperato gli utensili in un capanno poco lontano. A giudicare da quanti ce n'erano, quel posto doveva essere stato un vero giardino, prima. Finalmente la saracinesca cedette di botto e si alzò di qualche centimetro. Risalì senza difficoltà nelle guide. Spaccarono la vetrata a colpi di vanga, balzando indietro per non farsi sfiorare dalle schegge. «Attenti a dove mettete i piedi» li avvertì il Vecchio, facendo strada.

Più o meno sapeva che cosa cercare. Anche i suoi, di bambini, si erano ammalati. Con Etta scherzavano sul fatto di essere diventati assidui frequentatori di farmacie, quasi quanto prima amavano i bar, i pub, i locali aperti fino a tardi per un buon bicchiere. «Siamo diventati degli esperti di sciroppi» diceva Etta. «Vuole assaggiare? È una vendemmia del '14, anno piovoso, produzione scarsa. Lo sente, il retrogusto di fragola ed eucalipto?»

Poi le medicine non erano servite più.

Aprì i lunghi cassetti uno a uno, scorse le scatole, ne pescò una, poi un'altra, leggendo le etichette, qualche volta i foglietti di carta leggera ripiegati mille volte dentro. Finalmente trovò quello che cercava: sette capsule bicolori, verdi e rosse, grosse. E uno sciroppo, in ricordo dei tempi andati. OTTIMO SAPORE DI AGRUMI diceva l'etichetta circondata da una festa di limoni e arance tagliati a metà.

Si voltò. Gawain aveva preso da uno scaffale un maialino di gomma rosa chiuso in un velo di plastica e se lo rigirava tra le mani affascinato. Lo strinse un po' troppo forte e quello emise uno squittio soffocato. Gawain sussultò. Poi ci riprovò, e sorrise. «È bello» disse. «Glielo posso portare?»

«Sicuro» disse il Vecchio. «Però adesso andiamo.»

Di ritorno alla casa, dovette svegliare Osso, che era caduto in un sonno disturbato. Gli sfiorò la fronte: era caldissimo, sudato. «Su, su.» Lo aiutò a mettersi seduto e gli fece scivolare tra le labbra la capsula. Poi un sorso d'acqua. La sputò, finì tutta sulle lenzuola. La capsula rotolò via fino a fermarsi in una piega. Paziente, il Vecchio ritentò. Andò giù tutto. Gli avvicinò la bottiglia di sciroppo alla bocca: giù un sorso piccolo. Osso si leccò le labbra screpolate. Ottimo sapore di agrumi.

Mentre il bambino richiudeva gli occhi, il Vecchio si rigirò la scatola fra le mani. Non guardò la data impressa sul lato. Principi attivi. C'era modo che qualcosa fosse ancora attivo e acceso, dopo tutto quel tempo? Sperò. Sperò che il lungo riposo al buio e al fresco di un negozio intatto avesse preservato qualcosa della magia chimica.

Fissò per un attimo la signora sottile di ceramica azzurra appesa alla parete, i piedi poggiati sul dorso di una pecorella. Gli venne istintivo di farle delle domande. Di chiederle delle cose. Lei non rispose, serena come sempre. Il Vecchio spostò lo sguardo e si ritrovò quelli degli altri addosso. Aspettavano.

«Osso deve riposare. Gli ho dato una medicina» spiegò. «Per la tosse e la febbre. La febbre è quando uno scotta.»

«Come il sole» commentò Ria.

«Io sto qui con lui. Voi andate. Siete capaci di andare da soli?»

Annuirono.

Gawain aveva nelle mani il maialino di gomma spogliato della sua buccia di plastica. Lo avvicinò al viso e lo annusò: il Vecchio immaginò quell'odore polveroso di vaniglia senza sentirlo. Piaceva anche a lui, una volta. Gawain si voltò e lo posò sul comodino, vicino alla bottiglia dello sciroppo. «Sono belli, i maiali» mormorò. E seguì gli altri giù per le scale.

Era strano, per una volta non essere alla guida del gruppo. Avere tutto quel tempo tra le mani e non sapere come usarlo, se non per l'attesa. Osso mormorava nel sonno, frasi strappate, frammenti di parole impossibili da ricomporre. Il Vecchio aveva lasciato la porta aperta, per sentirlo, e si era spostato nella sala. Sedette sul divano. Anche quello era un lusso, stare seduto in un posto morbido, fermo. Poteva pensare, decidere le prossime mosse. Ma non ce n'era più bisogno. Avrebbero fatto quello che veniva, giorno dopo giorno, seguendo le necessità. Alla fine che senso avevano gli ordini? Uno schema di comportamento disegnato a tavolino, dall'alto e da lontano, in cui più che la logica prevaleva il buonsenso. Un Manuale di istruzioni unificato per sopravvivere in una miriade di mondi diversi. Regole generiche, che andavano bene per tutti e per nessuno. 'Non fate correre loro rischi inutili, ma non preservateli dal pericolo. Assicuratevi che siano nutriti e vestiti adeguatamente.' Ma andiamo.

Certo, erano stati fortunati, a vedersi assegnare un posto così facile, così ricco di possibilità. Sopravvivere era il primo passo, e per quello non c'erano norme, valeva tutto. Alla fine era la parte più semplice. I pesci, la frutta, l'acqua. Ma nessuno spiegava come far fronte a quello che succedeva dopo. 'Rispondete alle loro domande.' Avrebbero dovuto spedire degli insegnanti, degli educatori. Non ce n'erano granché rimasti. Avevano mandato i volontari, chi si era fatto avanti sapendo di non avere niente da perdere, chi era così disperato o vuoto da poter mettere in conto qualunque epilogo, compreso quello previsto: annullarsi, sparire. Per questo li chiamavano Vecchi, anche se non lo erano: perché finita la Missione sapevano che era loro dovere mettersi da parte. Anche questo, il come, non era proprio chiarissimo.

Il Vecchio scrollò il capo. Arrivare a quel punto sarebbe stato un sollievo, una liberazione. Voleva dire essere riuscito a traghettarli fin dove potevano cavarsela da soli. Agognava quel momento. Lasciar andare tutto. Ma non poteva ancora cedere, aveva promesso. E adesso eccolo lì seduto a far niente, con la vita di un bambino tra le mani, mani incapaci, inadeguate, che potevano solo tentare. Tentare: muoversi a tentoni, come prima nella farmacia perfettamente fornita di medicine inutili.

Tornarono verso sera, trascinando i piedi sulle scale.

«Cos'avete fatto?»

«Come sta?»

«Potete andare da lui.» Li seguì, guardò sopra le loro teste. Osso dormiva, apparentemente più tranquillo.

«Il maiale?» chiese Gawain.

Non c'era più.

Il Vecchio scostò appena le lenzuola. Osso lo teneva stretto al petto con tutte e due le mani. Le liste nere sotto le unghie spiccavano contro il rosa sfumato. E ancora quell'odore di vaniglia, stavolta vivo e presente, ben distinguibile. Gawain sorrise. «È un maiale magico. Gli fa passare tutto.»

Gli altri si fecero avanti uno alla volta. Da sotto le magliette trassero i loro doni: una giraffa giallina, una palla colorata, un ciuccio. Li deposero sul lenzuolo, tra le vallette disegnate dalle ginocchia.

«Siete tornati alla farmacia, eh?»

«Mmh» rispose Adela per tutti.

«Non avete mangiato niente là, vero?»

Fecero no con la testa. «Non c'è niente da mangiare. Solo cose. E quella roba che hai dato a lui.»

«Non mangiatela mai, quella roba, se non ve la do io. È pericolosa. Capito?»

Lo seguirono in salotto. «Siete stanchi?»

«Abbiamo giocato» disse Altair.
«Si fa fatica, a giocare» aggiunse Ria.

Tre giorni dopo Osso era sfebbrato, e non tossiva quasi più.

Le cose non fatte

Ormai c'era un'abitudine nei loro giorni, un ritmo di cose da fare che rendeva tutto più semplice, se non facile. Sapevano dove trovare il cibo: avevano imparato a pescare senza pietà; staccavano frutti inselvatichiti dagli alberi, certe pesche piccole e schiacciate che profumavano di vino, le prugne piene di sugo. Accendevano il fuoco, nel negozio del tabaccaio c'erano fiammiferi e accendini da bastare per due vite, e il mare portava legna sempre. Non usavano i fornelli delle case, era sembrato fuori luogo, e dopo avrebbero dovuto lavare, pulire: fatiche inutili. C'erano cose che si potevano usare e altre no. Niente motorini, per esempio, anche se nei depositi lungo il porto erano parcheggiati tutti in fila, lucidi, uguali come sciami di insetti a riposo; ma dove sarebbero dovuti andare tanto lontano e tanto veloce? Il mondo aveva il raggio del loro passo, il perimetro del loro sguardo. C'era tempo per allargare i confini e pensare grande. Non sarebbe stato meglio continuare così, poi, senza aver paura di essere piccoli? Ma no, certo che no. Sarebbero cresciuti e avrebbero provato un altro tipo di fame e di sete, era soltanto naturale. Ma lui non ci sarebbe stato.

Non sapevano leggere. Se la cavavano appena a tenere in mano penne e matite, e stavano cominciando ad apprezzare i colori. Ma i libri erano oggetti inutili. Quando aveva sorpreso Gawain a usarne uno per alimentare un falò si era arrabbiato, gliel'aveva strappato di mano: era una versione ormai dimezzata delle *Fiabe* di Andersen. «Non c'è niente dentro» aveva detto Gawain, sorpreso, mentre il Vecchio sbatacchiava il libro a terra per spegnere le ultime fiammelle. «Non ci sono nemmeno le figure.»

«Ti fidi di me?» gli aveva chiesto il Vecchio.

Il ragazzino aveva annuito. «Allora ti dico solo questo: non bruciarli, non distruggerli. Vale anche per voi» e aveva spostato lo sguardo sul cerchio che seguiva attonito la scena. «Al momento giusto vi serviranno.»

Hanno le lettere, hanno la scuola, si era detto. Ci arriveranno da soli. Non sarà più difficile che scoprire il segreto di un codice, come le spie in guerra, come gli archeologi con le lingue misteriose del passato incise su tavolette o disegnate su pareti: era come se contenessero un mucchio di messaggi cifrati. Ma quanto tempo ci sarebbe voluto, questo proprio non lo sapeva prevedere. Prima che i libri diventassero importanti, necessari.

Per il resto, avevano tutto.

Hanno tutto. Io più di così non potevo.

Sicuro?

Sono tutti vivi, sono cresciuti. Si sono ammalati e sono guariti. Si sono guariti e aggiustati. Io qui mi fermo.

Guardava il mare dall'alto del promontorio e cercava di convincersi. *Non ho giurato che li avrei resi perfetti e invincibili. Non sono un maestro di eroi. Questa non è una saga. È solo la vita che riprende, coi suoi difetti, le sue imperfezioni, i suoi vuoti.*

Solo?

E comunque non è per me. Io non ci sarò più. Se la caveranno da soli.

Tu sarai altrove.

Non ci credeva. E si sarebbe accontentato di dormire. Aveva bisogno di riposo. Ne aveva viste abbastanza. Prima la Grande Esplosione, la Terra da abbandonare, perché non era più la stessa, era malata, era pericolosa. Poi i passaggi verso altri mondi, le esplorazioni. Poi finalmente la pace, la bonifica, la possibilità del ritorno.

Ma tutti quei bambini abbandonati e soli. La necessità e la fatica di ricominciare da loro, la sola risorsa, il solo materiale di futuro. Le Missioni di preparazione. Ripartire da zero. Bambini vuoti, senza affetti, senza pensieri. Nutrirli di nuovo: non di cibo, ma di fiducia, di idee. A me è andata bene, pensò. Siamo stati fortunati. Non ne ho dovuto seppellire nessuno.

Il dubbio, certo, era sempre lì: ce la faranno? Hanno imparato abbastanza? Come faranno a mettersi in pari con il resto? Le difficoltà, gli ostacoli, i rischi non erano finiti. Nemmeno in un posto sereno come quello, sereno e pieno di risorse, ricco. Che strano, si disse, che un luogo inventato per le vacanze fosse destinato a diventare la trama di una nuova vita quotidiana. Quei bambini non avrebbero fatto vacanza per un pezzo. Dovevano lavorare per esserci, per farcela, per crescere. Incessantemente.

E io invece me la godrò, la vacanza. La prima e l'ultima della mia vita.

Non ancora, Vecchio. Non ancora.

Arrivi

'Shardana' li chiamavano nel tempo prima del tempo. Eccoli lì: la pelle scura, gli occhi di sasso incastonati sotto la fronte, il corpo compatto. Portavano armi: bastoni così lisci che potevano solo essere stati rubati a scope, con pezzi di lamiera affilata annodati in punta da grovigli di fil di ferro verde; sassi grossi che si passavano da una mano all'altra per far capire il peso e il rischio agli avversari. Li avrebbero usati? Non si poteva dire. Non sembravano cattivi, solo molto guardinghi. Non sembravano nemmeno affamati, o malati. Chissà se questo avrebbe mitigato la loro rabbia, oppure no. In fondo erano loro i padroni di quella terra, anche se non lo sapevano; ed era giusto che se la riprendessero. Ma c'era posto per tutti, lì. L'avrebbero accettato?

Il Vecchio si chiese da quanto li spiassero, e come mai avessero deciso di uscire allo scoperto solo allora. Avrebbero potuto eliminarli molto più facilmente al loro arrivo, quando ancora non avevano idea di come muoversi, cosa fare, e il buon cibo della terra e del mare non li aveva ancora irrobustiti. Sarebbe stato uno scherzo anche far fuori lui, allora: bastava la sorpresa.

Ma forse si erano divertiti a studiarli da lontano, a contemplare la loro goffaggine, la debolezza, l'incapacità. La *sua* goffaggine e il resto.

O forse – idea strana, ma plausibile – li avevano osservati per apprendere. Probabilmente arrivavano dalle montagne e ne sapevano quanto i suoi, di bambini, su trucchi e segreti di un luogo abbandonato da un pezzo. Forse era stato come guardare uno spettacolo, come un tempo a teatro, fiabe o storie rappresentate con il teatro d'ombre, i pupazzi, gli attori, che ti facevano paura, ti facevano sorridere, e alla fine avevi anche imparato qualcosa senza pensarci e senza saperlo.

Comunque adesso erano lì. Da soli, senza un Vecchio come lui a guidarli come un pastore fa con il suo gregge. Forse l'avevano perso lungo il cammino, forse non c'era mai stato, forse se n'era andato sereno, convinto che fossero a posto, che non avessero più bisogno di lui.

Non sapeva che cosa fare. Anzi, lo sapeva. Un passo indietro, o di lato, o dove voleva, pur di togliersi di mezzo. La partita non era più la sua. Sarebbe rimasto il tempo necessario, per vedere che non si facessero del male a vicenda. Con quelle lance, quelle pietre.

I suoi – che male faceva, pensarli così, come i suoi, adesso che non lo erano quasi più – avevano rallentato lungo la strada per poi fermarsi e disporsi in quella che sembrava una naturale formazione di battaglia. Gawain e Altair, i più grandi, davanti; e i tre piccoli dietro, a riempire gli spazi. Una piccola falange disarmata. E lui da una parte, a osservare, senza poter intervenire. Erano le regole stabilite e condivise. Come le lotte del circo tra infelici ugualmente prigionieri, pensò, sconfortato. E si fece ancora più da parte.

Ma loro non erano prigionieri, e nemmeno infelici. Erano solo curiosi. Osso fece una corsetta imprudente in avanti. Gawain cercò di trattenerlo ma non ci riuscì. Il piccolo si avvicinò al ragazzino più alto tra i nuovi arrivati, quello con la lancia, e gli chiese, sgranando gli occhi: «Cos'è? Me la fai provare?»

Aveva giocato la carta del cucciolo. E funzionò. Il ragazzino alto lo squadrò, fissò i compagni uno a uno, come per dire 'qui decido io come si fa'. Quindi porse la lancia a Osso, che la bilanciò tra le due mani e poi passò un dito sulla pietra spigolosa che faceva da punta. «Noi ne abbiamo di più belle» disse alla fine. «Si chiamano fiocine e le usiamo per pescare. Volete venire a vederle?»

Restituì la rozza lancia al ragazzino e s'incamminò verso il porto, dove tenevano la barca sempre pronta. Gli altri tutti dietro, prima la squadra di bambini scuri, poi la sua. Il Vecchio li seguì a passo lento.

Le fiocine furono passate di mano in mano. Poi le reti, e le lenze con la loro collana di piccoli pesi. I nuovi arrivati guardavano tutto con ammirazione. Il più alto salì sulla barca e si rigirò i remi tra le mani, incantato. Dovevano venire dalla montagna. I più piccoli avevano ignorato gli strumenti e le armi e quello strano scambio per correre sulla spiaggetta, una lingua di sabbia candida, a cercare le conchiglie con Ria e Adela. Erano tutti accovacciati, in quel modo che è possibile solo ai bambini senza perdere l'equilibrio, e setacciavano la sabbia bagnata tra le dita con la concentrazione di chi cerca tesori.

Verso sera si riunirono attorno al fuoco sull'altra spiaggia, quella grande, al riparo dei cespugli di lentisco e mirto. Avevano pescato insieme e mangiarono i pesci arrostiti. Gawain li aveva puliti per bene, gettando via le viscere, e li aveva riempiti di erbe raccolte. I nuovi arrivati mangiarono prima con sospetto, poi con meraviglia. Alla fine si leccarono le dita come fanno i gatti con le zampe.

«Dove dormono?» chiese Ria sottovoce, avvicinandosi per non farsi sentire. «In casa nostra non ci stanno.»

Certo: l'ombra del sospetto. Dormire è qualcosa di segreto, è arrendersi al silenzio e alla notte. Dormire insieme ad altri richiede fiducia, intimità. Niente che si potesse improvvisare. Il Vecchio annuì tra sé: bravi, i suoi bambini. Generosi ma cauti. Poi scosse il capo: ancora. Non erano suoi, mai stati.

«C'è la casa di sotto» disse a Ria.

«Quella dei Coralli?» L'avevano esplorata insieme, decidendo che la prima, quella della Donna, era più di loro gusto; ma la usavano come deposito. Su una credenza bianca c'erano due enormi rami di corallo rosso, come alberi spogli, alberi di mare, montati sopra piedistalli. Il Vecchio aveva spiegato che erano fragili come ossa e preziosi come tesori. E infatti lì erano rimasti. «E se li rompono?»

Sorrise fra sé alla preoccupazione di Ria. «Digli di stare attenti» si limitò a rispondere.

Era chiaro che non avevano mai dormito in una casa, non che ricordassero, almeno. Si guardavano in giro esterrefatti, senza toccare niente, guardinghi come in un museo. Ria poteva star tranquilla per i suoi coralli. Il più grande aprì un rubinetto e balzò indietro stropicciandosi la pelle schizzata d'acqua, come se fosse bollente, o velenosa.

Mostrarono loro i letti, e come usarli. Poi li lasciarono lì, dicendo che erano di sopra, che non c'era da avere paura.

«Non sanno niente» commentò Altair appena arrivati nella loro, di casa. «Sono come bambini.» Poi si portò una mano alle labbra, stupito da quello che aveva detto.

«Impareranno» disse il Vecchio «come avete imparato voi.»

«Ma noi stavamo bene anche prima» osservò Adela. «Prima, senza.» E si guardò intorno in cerca di consenso.

«Le cose a volte cambiano» disse il Vecchio. «C'è chi arriva e chi parte. Qui c'è posto per tutti, comunque. E starete meglio, se siete di più. Insieme si fa tanto.»

«Ma non sanno niente» ripeté Altair.

«Forse invece sanno delle cose che voi non sapete» disse il Vecchio.

Dopo, quando si furono addormentati, passò accanto ai loro letti, uno dopo l'altro. Ria, la piccola selvaggia. Adela, la filosofa. Gawain e Altair, il cavaliere e la stella, così saldi, sicuri, sempre presenti per gli altri, protettivi. E Osso, che era sopravvissuto a molte prove e aveva sempre voglia di ridere anche per gli altri.

Certo che ce l'avrebbero fatta. Non aveva alcun dubbio. Erano forti, ed erano una famiglia.

Guardò un'ultima volta la signora azzurra con i piedi sulla pecorella. «Veglia su di loro» le disse, come se potesse sentirlo, come se le signore appese alle pareti potessero occuparsi degli altri. Poi scese lentamente le scale, uscì, costeggiò il porto, l'acqua tranquilla della notte, e s'incamminò verso la collina. Il suo posto preferito. Non era vicino, ma ne valeva la pena. Era ora di riposare.

Dopo

«Andiamo a trovare il Vecchio, dài.»

«È ora, hai ragione. Andiamo stasera.»

S'inerpicarono sul sentiero che tagliava la collina di sbieco. A mezza costa c'era una specie di terrazza naturale: facevi un passo fuori dagli alberi e lasciavi scorrere lo sguardo tutto intorno.

«C'è così tanto mare da qui» osservò Ria.

«Tutte le volte che veniamo dici la stessa cosa» la rimbeccò Adela.

«Solo perché è vera» disse Ria, tranquilla.

Vista da lì la baia era grande e precisa, e ancora più grande la coltre d'acqua che si stendeva al di là. Nella limpidezza del tramonto procedeva all'infinito, interrotta solo dalle piccole Isole della Capra, e sembrava quasi che a un certo punto la distesa si curvasse, scivolasse giù. Non erano mai arrivati così lontano in barca, anzi, in nave, e nessuno ne aveva l'intenzione. Stavano bene dove stavano. C'erano ancora così tante cose da scoprire lì, da precisare, prima di avventurarsi altrove. Ed era così bello. Il mondo che diventava blu nel tramonto, la striscia quasi verde di cielo appena sopra le montagne. E sotto di loro il disegno nitido, rotondo, del porto, con le sue alte colonne di granito a segnare l'ingresso.

«Dobbiamo tornare, o farà troppo buio» disse Gawain.

«Ormai la strada la sappiamo» replicò Altair. «La sanno i nostri piedi e le nostre ossa.»

«Questa è poesia» disse Mateu, sorridendo.

«Proprio» convenne Gilla.

Il cumulo di massi rosa guardava il crepuscolo con loro.

«Sta bene, qui?» chiese Ria. Indossava il suo vestito da nuvola, che non era diventato stretto – era ancora una bambina tutta spigoli – ma corto sì. La gonna ricadeva molle scoprendo le ginocchia ossute; i colori che erano stati luminosi si erano attenuati, anche il bianco era come appassito.

«Ma certo» disse Adela. «Tu non staresti bene? A guardare questo mondo?»

«Gli manchiamo?»

«Come lui manca a noi» rispose Gawain.

«Poteva restare ancora un po'» disse Altair.

«A noi piaceva» disse Mateu. «Anche se non era nostro.»

«Non è che ti piacciono sempre solo le cose che sono tue» osservò Altair, serio.

«Appunto» ribadì Mateu.

«Basta fare storie» disse Gilla.

«Quelle le faceva lui» disse Ria. «Era bravo a fare le storie, vero?»

«Sì, era bravo» disse Altair. Si volse verso la pietra e disse: «Eri bravo.»

Poi non parlarono più per un pezzo.

«Lo dimenticheranno?»

«Può darsi. Ma non credo. Forse non ricorderanno bene, non tutto. Resterà solo un'idea di lui, una traccia, qualcosa di impre-

ciso e sfocato, ma bello. Uno di quei pensieri che non riesci ad afferrare fino in fondo ma che ti fanno star bene. Non è necessario che abbiano un passato, lo sai. Vogliamo che abbiano solo futuro.»

«Che triste. Che cosa saremmo senza quello che siamo stati?»

Seconda parte

Il lago era pieno di uccelli. Ma no, detto così era strano, come se fossero annegati e ne coprissero la superficie liscia, immensa, una distesa di piume e ali a perdita d'occhio. Invece erano vivi e riempivano l'aria dei loro versi gonfi che ripetevano all'infinito, passandosi la parola, come se dovessero ribadire la loro esistenza con la voce. Alcuni erano belli: il falco pescatore con le zampe impellicciate e il volo preciso, deciso, che tagliava il cielo in anelli e poi piombava sull'acqua risalendo dopo un attimo con un lampo d'argento tra gli artigli; le rondinelle nere, veloci come punte di freccia, che sembravano volare per il gusto di farlo. Alcuni erano orrendi, come i marabù in bilico sulle zampe troppo lunghe e troppo nude, troppo colorati, troppo gozzuti, buoni da prendere a sassate come bersagli se non fossero stati vicini e dunque temibili, spettri di uccelli, fantasmi che ti spaventano la notte, e anche di giorno. Ma almeno erano innocui. Gli avvoltoi, ben più temibili, al momento erano rimasti lontani, sembrava che l'acqua non li interessasse: s'intravedevano in lontananza, appollaiati sui grandi ombrelli delle acacie, dove cominciava il pericolo, e un'altra bellezza. Lui lo diceva sempre: «Questo è il Paradiso, il mondo prima del mondo. È già cominciato tutto qui, una volta, e adesso ricomincia, non ci può essere posto migliore per inventare il futuro.» E raccontava della Terra che aveva cullato l'uomo quando non era ancora proprio un uomo e stava a stento in piedi, la testa incassata nelle spalle, le braccia lunghe, i piedi grandi e una folta pelliccia su tutto il corpo: quando non era ancora proprio un uomo ma aveva imparato a cacciare, a pescare, a graffiare le pareti delle caverne con segni che raccontavano cosa c'era fuori, e a rischio di avvelenarsi aveva distinto le cose buone da quelle cattive. «Non ci credo, che erano come le scimmie» diceva Kai con una smorfia buffa, troppo bambino per considerare la serietà della cosa.

«Anche voi siete come loro» diceva allora il Vecchio, e ridevano tutti, perché era vero: quasi nudi, solo meno irsuti ma altrettanto vagabondi, istintivi, nervosi, impegnati a rubare giorno per giorno i piccoli trucchi della sopravvivenza. «Guardatele e imitatele» aveva detto loro per prima cosa quando la Nave li aveva lasciati sulla riva sabbiosa, galleggiando tra le canne, e si era levata in volo con un risucchio per sparire nel riverbero del tramonto. Perché le scimmie erano state le prime ad arrivare, più curiose che spaventate, pronte ad avvicinarsi e ritrarsi e avvicinarsi di nuovo come sciami d'insetti: gli scimpanzé dallo sguardo dolce e triste, i babbuini con la testa squadrata e la corona di peli sopra gli occhi troppo infossati per interpretarne l'espressione. «Guardateli bene, tutti. Guardate gli animali. Siete anche voi animali.»

«E tu?» aveva chiesto Gerda, sgranando gli occhi chiarissimi.

«Ah, io. Io sono un Vecchio. Diciamo che assomiglio di più a quella» e aveva indicato una delle enormi pietre smussate che qualcuno di dimensioni gigantesche aveva accatastato a poca distanza dall'acqua con un'accuratezza da gioco serio. «Io sono pietra, e pietra ritornerò.»

Avevano guardato, avevano rubato. Avevano imparato in fretta, come gli animali, a prendere quello che c'era. All'interno, dove la terra faceva pieghe e l'acqua del lago spariva dietro la quinta alta degli alberi, c'erano ancora i piccoli appezzamenti scavati con grande sforzo dagli uomini prima di loro, delimitati da bozzi di terra ammucchiata per separare le proprietà, questo è mio questo è tuo. Ma ormai non c'era più niente da delimitare e dividere, era tutto loro, e la cassava cresceva a caso, un filare sì tre no, una pianta sì quattro no, sforzandosi di mantenere l'ordine di un tempo. Tiravi le foglie a ombrello e dalla terra sbriciolata sbucavano i tuberi lunghi e rossicci: a metterli sotto le braci assopite si cuocevano piano, e poi se li mordevi liberavano quella loro dolcezza farinosa, il giallo della polpa quasi luminescente, gli orli arancioni, e ti saziavi anche solo guardando il colore. Ma c'erano anche le banane agganciate alle palme, piccole e ricurve come artigli, la polpa bianchissima che resisteva un attimo ai denti prima di cedere e sfarinarsi schiacciata sulla lingua. C'erano i manghi gialli con il loro sapore aspro, gli ananas candidi che toglievano la sete. La canna da zucchero da spezzare e sbucciare a colpi di coltellaccio – ci pensava lui, loro non erano ancora abbastanza forti e abili – per masticare e succhiare la fibra lunga fino a trarne tutto il liquido fresco, e poi bisognava sputare al momento giusto, prima che i filamenti si impigliassero ai denti. Quello che era rimasto era davvero tanto. Era un paradiso che non conosceva fame.

Paura però sì, anche a non saperle dare un nome. Prima della partenza gli avevano mostrato le mappe, i confini dei grandi parchi segnati in rosso come ghirigori sottili sulla distesa grigio chiaro di quella terra immensa, spiegando l'ovvio: gli animali non sapevano niente di limiti disegnati da uomini che non c'erano più da un pezzo, certo stavano sconfinando, si riprendevano tutta la terra del mondo seguendo l'odore dell'acqua e quello dell'erba. Se fossero stati sazi nessun problema: e probabilmente gli elefanti non avevano mai mangiato così tanto, dato che non c'era più nessuno a tenerli lontani dalle coltivazioni a furia di urla e fuochi accesi. Ma il pericolo più grave si annidava nell'indolenza degli ippopotami, nella miopia dei bisonti che sotto gli zoccoli potevano frantumare qualunque cosa, figurarsi un pugno di bambini calati dal cielo a bordo di un'astronave.

E c'erano i leoni. I loro ruggiti esplodevano di notte come tuoni a sorpresa, tuoni asciutti, senza lampi, e per questo più violenti ancora. «A me non fanno paura» diceva Gerda. «Sono così belli, non si può avere paura. Anzi, vorrei averne uno tutto mio. Un amico di pelo.»

«Gli animali non sono *tuoi*» le faceva osservare Kai, tranquillo. «E comunque quelli ti finiscono con una zampata.»

«Vedremo» ribatteva lei sfidandolo, il mento in su. Il Vecchio ascoltava gli scambi ed era contento: contento di non esserci il giorno dell'incontro. Perché era ovvio che sarebbe già andato via, molto prima che accadesse. Doveva lasciarli soli, e non solo perché era l'ordine. Si sentiva stanco, sfinito. Non li chiamavano Vecchi per niente. Non era solo un titolo onorifico, un'etichetta rispettosa. Chi veniva dal mondo di prima non poteva essere che vecchio, e lui lo era. Aveva visto troppe cose, e non ne poteva sopportare di più. Ogni giorno sentiva il limite più vicino. Temeva di essere loro d'intralcio, perfino.

Doveva ammetterlo, però: tra tutte le destinazioni possibili quella era l'ultima che si sarebbe aspettato, e non aveva idea che gli sarebbe piaciuta tanto. Non riusciva a immaginarsi intento a contemplare le rovine di una grande città, una mano gigante con un frammento di fiaccola teso obliquo verso il cielo, o una cupola a mostrare il ventre come una balena spiaggiata, o un campanile o un minareto a perforare di sghembo le nuvole basse, e sullo sfondo acri di un incendio mai domato. Non avrebbe sopportato di dover guidare uno sciame di bambini sull'enorme immondezzaio di una metropoli in briciole. Molto meglio così: una riga sopra tutto il mondo noto, e quel precipitare lento della Nave verso una macchia che non avrebbe mai immaginato così rigogliosa e ostinatamente viva. Adesso lo capiva, come mai fosse sopravvissuta alle razzie e alle rapine dei secoli, nonostante tutto: perché era davvero lì il cuore della vita. E riportare il suo minuscolo gruppo proprio lì, ricominciare proprio da lì era come depositare dei batteri di nuova generazione in un brodo primordiale ricchissimo.

Erano batteri fragili, però. Non avevano ancora imparato a irrobustirsi a spese di altri organismi. Per questo, per far capire loro come riuscirci, c'era lui. Peccato che non ci credesse abbastanza. Per quello che lo riguardava potevano continuare per sempre così, a cavarsela di stretta misura, come gli animali, prendendo quello che c'era, senza diventare predatori. Ma era un posto feroce, quello in cui li avevano depositati, e avrebbero dovuto lottare per non soccombere. Sopravvivere non bastava.

Erano fragili dappertutto, a partire dalla buccia: sotto l'abbronzatura ormai color biscotto la pelle continuava a emanare una specie di brillio rosa, come se non riuscisse ad abituarsi all'idea di tutto quel sole e quel caldo. «Che assurdità, spedire dei bambini biondi nel Continente Nero» ripeteva sempre lui. «Non che si potesse scegliere» aggiungeva scuotendo la testa, e spalmava le spalle e le guance di Kai e Gerda con una poltiglia che metteva insieme bollendo certe foglie e lasciandole raffreddare. Kai allora diceva: «Perché lo chiamano Nero? A me sembra verde. Verde e azzurro.»

«E rosso» aggiungeva Gerda. «La terra è rossa.»

Moshe invece non si era scottato mai. Anche la sua, di pelle, era chiara, all'inizio, ma si era subito coperta di lentiggini larghe e fittissime, quasi indistinguibili l'una dall'altra, ormai, una mappatura bruna che l'aveva difeso. I capelli ricciuti si erano sbiaditi sulle punte, erano come lana sfioccata, ormai così lunghi che riusciva a tirarsi le ciocche davanti agli occhi. Gli facevano caldo ma erano anche come un casco, e così se li teneva. Quando lui aveva cercato di tagliarli – gliel'aveva proposto, cioè – Moshe aveva scosso la testa. «Me li tengo così. È una promessa.» Inutile fargli cambiare idea.

Moshe aveva tredici anni, ma ne dimostrava di più. Alla vigilia della partenza sua sorella Rachael era morta all'improvviso, un virus di quelli che continuavano a mutare e sfuggire, per cui non c'era medicina, solo esperimenti che avevano bisogno di tempo, e il tempo stringeva sempre, e poi si consumava. Si era spenta come una candela, in silenzio, interrompendo il loro addestramento che comunque stava volgendo al termine. Ormai era tardi per ridisegnare la squadra, avevano detto, e così erano partiti in tre, un gruppo troppo piccolo per avere senso. Il Vecchio ci aveva letto la prova lampante del fatto che nessuno credesse davvero nella loro possibilità di farcela, e proprio in quel posto, di tutti i posti. Ma le sfide gli erano sempre piaciute, e non si era tirato indietro – ammesso che fosse possibile. I gemelli, che di anni ne avevano nove, erano ignari, ridevano sempre, si confortavano a vicenda, chiusi nel loro bozzolo speciale di sguardi e silenzi che bastava per due; però Moshe aveva capito. E l'aveva detto, anche, al Vecchio, mentre gli altri due dormivano nella capanna che avevano preso come dimora. «Siamo casi disperati, vero?»

Il Vecchio era rimasto un momento in silenzio, per assorbire tutto il peso di quella consapevolezza che non faceva sconti. Il riverbero del fuoco danzava sul viso lungo ed espressivo del ragazzo; non era il caso di mentirgli, meritava tutta la sincerità possibile.

«E chi non lo è?» aveva detto infine.

«Siamo troppo pochi. È una squadra zoppa» aveva osservato Moshe, concreto.

«A me pare che camminiate benissimo» aveva replicato il Vecchio. Moshe aveva riso piano, una risata senza gioia. E non ne avevano parlato più.

Non c'era tempo, del resto. Le giornate erano lunghissime e faticose. Erano stati fortunati con la capanna: di tutti i villaggi, tutti deserti, avevano scelto quello perché aveva una fontana e un pozzo, e se dalla cannella della fonte scendeva appena un filo d'acqua che ogni tanto si arrestava inspiegabilmente per ricominciare a colare qualche giorno dopo, in compenso il pozzo sembrava ricco e stabile. Accanto erano accatastati secchi e bidoni di plastica ancora colorata, rossa, gialla, blu, da calare appesi alla corda e issare col contributo di tutte le braccia disponibili. L'acqua recuperata aveva un buon sapore, era limpida e fresca. La stagione delle piogge era passata da poco, le pozze erano ancora piene, bastava seguire le mucche e le capre per trovarne sempre di nuove, e poi comunque c'era il lago, un grande occhio buono sempre spalancato. Avrebbero potuto stabilirsi più vicino alla riva, certo, ma avevano bisogno di terra buona da coltivare, e quella dell'interno sembrava più nutriente, bastava guardare come si sfaceva tra le dita, bastava osservare come le colture abbandonate da tempo avessero resistito: disordinati virgulti che spuntavano nei solchi con la tenacia di chi vuole vivere comunque.

All'inizio i villaggi erano parsi loro tutti uguali: disordinati, le case sparse senza una logica apparente, alcune aggrappate tra loro, altre disseminate fra i ciuffi di alberi alti e radi. Alcune, quelle tradizionali, erano smangiate dal sole e dal vento, i tetti di paglia e fango sfondati, i muri in piedi per miracolo. Molte di quelle più moderne avevano ancora sulle pareti le tracce coloratissime di prima, i loghi festosi delle bibite che avevano allegramente dissetato tutto il pianeta, fondo rosso, fondo blu, fondo verde e fluttuanti scritte bianche. Ma al Vecchio non piacevano, gli sembravano di cartapesta, buone per una recita. Così avevano continuato a camminare, raccogliendo cibo dove passavano – non mancava mai, bastava davvero tendere una mano e quasi ti cadeva nel palmo – e osservando gli animali che si arrischiavano ad avvicinarsi: le scimmie, appunto, ma anche certi cani con l'aria mite dei perdenti, a cui si contavano le costole, e i rettili così indifferenti nella loro livrea preistorica che aveva l'aria di poter sopportare ancora molti disastri. Non facevano paura, nemmeno le grosse lucertole-drago tinte di colori improbabili che si muovevano a scatti sui muri e sui tronchi per restare poi immobili, solenni, come sorprese da un pensiero improvviso. Infine, dopo un tratto di strada lungo e indifferente, erano arrivati in quel posto che invece era parso subito diverso: le case erano poche, riunite attorno all'acqua, tutte recenti, fatte di mattoni d'argilla di cui si riconosceva il disegno dentro la trama dei muri, il tetto di lamiera ondulata e qua e là perfino uno sforzo d'intonaco giallino o rosa pallido. Nella terza in cui erano entrati, attratti dal suo aspetto saldo, c'erano due grandi panche di legno, un tavolo, un divano ancora coperto da una pellicola lucida, che aveva conservato intatta l'imbottitura. La stanza accanto era completamente vuota. I bambini avevano guardato increduli il Vecchio costruire al volo una specie di piumino di foglie di palma e ramazzare tutto, e poi l'avevano imitato, facendo a gara a chi era più veloce. Sapevano benissimo quando non era il caso di perdersi in domande, e bisognava fare, e basta. Era stato sufficiente dare una bella ripulita, raccogliere gli escrementi degli uccelli di passaggio e gli innumerevoli piccoli detriti – foglie, rametti – che si erano arenati lì dentro passando per la porta e le finestre prive di battenti, e spostare qualcosa: e quella era diventata la loro casa. «Stiamo qui per sempre?» aveva chiesto Gerda quando finalmente il Vecchio aveva consentito loro di abbandonarsi sul divano e riposarsi. La pelle delle gambette le s'incollava sul rivestimento grossolano, e tutte le volte che si agitava si sentiva quel rumore adesivo, *svisc, svisc*. Uno, due, tre: sembravano in attesa dal dentista.

«Per sempre è un sacco di tempo» aveva risposto il Vecchio. «Diciamo che stiamo qui.»

«Perché proprio qui?» aveva chiesto Moshe.

«Perché c'è qualcosa di più, oltre all'acqua.» E sorridendo, cauto, il Vecchio si era sfilato di tasca due uova reggendole tra pollice e indice. Ne aveva notato il lampo bianco nelle sterpaglie appena lì fuori. «Se ci sono le uova...»

«Ci sono anche le galline» disse Moshe.

«Come fai a sapere che non sono uova di serpente?» chiese Kai.

«Diciamo che mi fido del mio sesto senso» rispose il Vecchio.

La sera le galline, cinque, erano tornate da chissà quali vagabondaggi e si erano sistemate chioccolando nei cespugli appena fuori dalla porta, come a fare la guardia. Chissà da quante generazioni di uovo e pulcino erano lì. Chissà come mai si erano tanto affezionate a quel posto, tra tutti, da restarvi anche quando non c'era più nessuno a occuparsi di loro.

«Bisogna chiuderle nel pollaio» disse il Vecchio. L'aveva notato subito facendo il giro della capanna: la costruzione bassa e lunga, con una sola apertura grande e i mattoni disposti in modo da lasciare in alto piccole feritoie per l'aria, non abbastanza ampie da lasciar uscire un pennuto non volante di taglia piccola. Mostrò loro come fare: acchiappò le galline una a una, senza badare alla loro agitazione, e le infilò nell'apertura, che alla fine parò con una tavola larga e lunga, pesante. «Poi faremo una porticina vera. Intanto va bene così.»

«Ma poverine. C'è buio, lì dentro. Staranno bene?» aveva chiesto Gerda, ansiosa.

«Non è per tenerle prigioniere. È per difenderle dagli animali della notte. La mattina il primo che si sveglia le libera. La sera l'ultimo che rientra le mette al sicuro. È questo il patto.»

«Avete fatto un patto?» Gerda lo guardò stupita.

«Sì. Solo che non lo sanno» scherzò il Vecchio.

«Per forza: mica la conosci, tu, la lingua gallina.»

«Tu invece sì» le disse il gemello, saltellando in tondo con le braccia ripiegate a mo' di ali: «*Cocococo...*»

Gerda lo inseguì, lui scattò più veloce; lei non lo prese e

ci rinunciò ridendo. Non litigavano mai. Era come se fossero fatti dello stesso impasto di allegria e indifferenza alle cose, che li rendeva impermeabili e infrangibili, forti. Potevano anche essere piccoli, ma erano speciali. Forse non è una squadra così sgangherata, si disse il Vecchio. Forse abbiamo qualche speranza.

Eternità

«Ma si mangia?»

Gerda correva avanti e indietro lungo la china del colle, raccogliendo i fiocchi, una manna danzante. Ne aveva piene le mani quando si decise a tornare da loro, che si riposavano all'ombra scura di un grandissimo mango. Le sfuggivano tra le dita, e lei si fermava per recuperarli e ci riusciva solo perdendone altri. Ce n'erano di completamente trasparenti, di rossi, di blu, di biancastri.

«No che non si mangia» disse il Vecchio, disgustato. «Che idea. È plastica.»

«Allora a cosa serve? A farci il nido come gli uccelli?»

«Ma no, ma no. Una volta serviva a fare i sacchi, e dentro i sacchi ci mettevi le cose. C'erano anche altre cose tutte fatte così, piatti, bicchieri, cucchiai. Giocattoli. Per... giocare.» Sbuffò, esasperato. Non gli piaceva dover dare spiegazioni così semplificate da risultare assurde, come se si stesse rivolgendo a dei piccoletti di due, tre anni, e nemmeno venire a patti col vocabolario. Ci riprovò, senza remore, questa volta. «È un materiale indistruttibile.» Occhi sbarrati. Poi un compromesso. «Vuol dire che resiste, che dura tantissimo tempo. Noi non ci saremo più e lei sarà ancora qui.»

«Ma dài... Perché, dove saremo andati, noi?» disse Kai, curioso.

Moshe rise. «Via» disse. «Via per sempre.» E agitò le dita nel vento.

«Per sempre è un sacco di tempo. Allora non mi piace più» disse Gerda, aprendo la mano. «Voglio restare, io.» I coriandoli volarono via, unendosi a tutti gli altri. S'impigliavano negli arbusti. Ce n'erano nastri interi appesi ai rami degli alberi; sventolavano piano, come vessilli. Frammenti più grossi rotolavano rigonfiati e portati via dalle folate che spazzavano la valle. Il Vecchio sospirò. Non sarebbe sparita mai, mai.

«Però non me l'hai detto, alla fine. A cosa serve. Adesso, intendo» riprese Gerda dopo un po'.

«A niente, serve» rispose il Vecchio. «A fare brutto il mondo.»

«A me piace» disse Gerda osservando la valle con gli occhi socchiusi per il riverbero. «Anche così.»

E alla fine aveva ragione: quelle schegge di materia eterna catturavano i raggi del sole riflettendoli. Era come se la vallata fosse intrisa di cristalli, o cosparsa di zucchero. «È vero. Basta guardare da qui» osservò il Vecchio «e fa un altro effetto. Com'è che voi bambini avete sempre ragione?»

Moshe rise. «Perché vediamo in un altro modo, forse.»

«Certo, sicuro. Da più in basso.»

«O da più in alto.»

In un altro luogo, in un altro tempo la replica sarebbe suonata arrogante. Lì ci stava. Alla fine Moshe ha detto la cosa giusta, pensò il Vecchio. Da più in alto, da più lontano. Mettere le cose in prospettiva. Non era certo la plastica, il cuore del problema.

Ma alla fine niente era un problema, visto che tutto lo

era. Far ripartire i motori lenti della vita. Riprendersi la terra un po' alla volta, così com'era, sporca, ferita.

«Preoccupato?» La voce di Moshe lo riscosse. I gemelli erano poco più giù, intenti a infilare un bastoncino in un buco perfetto dall'aria attraente. Speriamo che sia la tana di un topo, si disse.

«No. Sì. Non so» rispose. Con Moshe sentiva il dovere di essere onesto, anche se a ben guardare era pure lui un bambino, e avrebbe dovuto essere tenuto al riparo, almeno per un po'. Ma Moshe lo trafiggeva con quello sguardo di un azzurro cristallino, strano dentro la pelle olivastra, e lui non riusciva a mentire, e nemmeno a girare intorno alle cose. «Intanto riposiamoci, dài.»

Moshe annuì. «È bello, qui. È bello dappertutto. Ci hanno dato un posto bello, Vecchio. Dobbiamo stare contenti.»

«A te sarebbe piaciuto?»

«Finire lì?»

«Cominciare lì.»

«Penso di sì. Anche se non riesco a smettere di ripetermi che abbiamo rischiato troppo. Con loro, dico. Basta che alla bambina succeda qualcosa...»

«Perché dovrebbe succederle qualcosa? Proprio a lei, invece che a lui, o al ragazzo? Solo perché è una bambina?»

«Non perché è una bambina. Perché è una.»

«Se la caverà, vedrai. È forte. È furba. Ha un sacco di risorse. Abbiamo un sacco di risorse.»

«Non ne ho mai dubitato. Eri tu il capo una volta, ti ricordi?»

«Mi piaceva, anche. Poi non mi è piaciuto più. Meno male che sei arrivato tu.»

«Se fossimo ancora quelli che eravamo direi che bisogna fare un po' per uno.»

«Ma siamo sempre gli stessi. Io non mi sento cambiata. Dentro, da qualche parte dentro, c'è qualcosa, come un centro, un cuore, che non cambia.»

«È quello. Quello che hai detto. È il cuore che non cambia.»

«Non è strano? Che tutto il resto si trasformi e quello no? Io mi sento ancora la stessa, a volte. Con i brividi, la paura, ma anche quella spavalderia, quella forza.»

«Meno male. Che restiamo fedeli, dico.»

Andare

«Guardate! Guardate!» Il grido di Gerda costrinse il Vecchio ad alzare gli occhi e la schiena dal solco su cui stava chino. Si rimise diritto con gratitudine e qualche difficoltà, perché gli faceva male dappertutto. Avevano trovato un piccolo appezzamento di terra già lavorata al limitare del villaggio: l'acqua era vicina, la si poteva trasportare meglio che fin dentro i campi veri. Il Vecchio aveva la sensazione che la terra fosse meno fertile, più gialla che rossa, più polverosa, forse solo troppo sfruttata, fino a consumarne i succhi. Ma qualcosa poteva dare. E per le loro necessità primarie poteva bastare.

Kai e Gerda lo seguivano come piccole ombre, imitando tutti i suoi movimenti. Avevano trovato sparsi nelle capanne punteruoli, vanghe, zappe, perfino un coltello dall'aria abbastanza minacciosa, con la lama lunga e larga. A Kai toccava il compito di fare i buchi a distanza regolare, che misuravano sui loro passi. Poi arrivava lui e deponeva un seme in ogni buco. Gerda richiudeva, e avanti così.

Moshe quel giorno era andato in perlustrazione da solo: «Non troppo lontano» gli aveva detto il Vecchio. «Resta a portata di voce.» Sapendo già che si sarebbe spinto molto più in là. Ma i ragazzi sono così, non li tieni, si era detto, facendosi una smorfia da solo per quanto suonava antico. Ad ogni modo, se c'era qualcuno capace di correre rischi quello era proprio Moshe. Diventava più forte e sicuro ogni giorno; i muscoli guizzavano sotto la pelle ambrata, e senza fretta lui si prendeva il suo spazio, allargava il raggio, guardava al di là. E meno male, perché altrimenti non avrebbe mai trovato quello che aveva trovato.

«Ma che cos'è?» chiese Kai, perplesso.

Moshe avanzava in precario equilibrio su una strana macchina di ferro, stava seduto in mezzo a due dischi che giravano, le mani strette a due spuntoni, uno di qua uno di là, e premeva su due palette, e veniva avanti, più veloce che se camminasse, meno che se corresse: ma insomma, veniva verso di loro, e rideva.

«È una bicicletta» spiegò il Vecchio con un sorriso. «Serve per andare in giro più veloci che con i piedi.»

Gerda fissò Moshe allarmata, poi si guardò i suoi, di piedi. «A me questi vanno bene» disse. Kai invece era già corso avanti. Si parò davanti a Moshe ridendo e agitando le braccia, e il ragazzo dovette piantare i piedi a terra, sollevando la polvere, per non travolgerlo. «È pericoloso, così» gli disse, ma rideva anche lui.

Andare in bicicletta – imparare ad andare in bicicletta – fu una faccenda cruenta. Moshe aveva una sorta di istinto per l'equilibrio e non ci mise molto a padroneggiare la ferraglia; ma Kai, quando volle provarci, si rivelò molto meno portato. Il sellino era troppo in alto; vi si appollaiava per scivolare giù tutte le volte che aveva la sensazione di perdere il controllo, cioè sempre, e poi lo perdeva davvero, premendo troppo sui pedali; una piccola buca, un sasso, un legnetto bastavano a generare un piccolo guaio, una catasta di braccia e gambe che in disordine planavano nella polvere da una parte, e la bici con fracasso dall'altra, o sopra, o in mezzo. A un certo punto Kai batté il mento per terra, forte, e la bocca gli si riempì di sangue. Si rimise in piedi a fatica, dolorante. «Hai mangiato un fiore?» gli chiese Gerda sbalordita. Lui succhiò, poi si passò la lingua sui denti rosati. «Non so se è un fiore» rispose. «Sa di...»

Sa di metallo e polvere, concluse tra sé il Vecchio. E spavento e batticuore. Che complicato, il sapore del sangue. Si avvicinò a Kai, s'inginocchiò davanti a lui, lo trasse a sé, gli spolverò i gomiti e le ginocchia dove la pelle si era spaccata, piano, poi la camicia, per scrollar via il terriccio. «Sei bravo» gli disse poi.

Gli occhi di Kai traboccavano di lacrime. Premevano agli orli, ammucchiandosi, pronte a scivolare giù. Il labbro davanti gli tremava. Sembrava molto più piccolo, così, più indifeso. La consueta spavalderia era svanita tutta. Però non pianse. Corse a raccogliere la bici naufragata, la mise diritta, risalì spingendosi sui pedali, piegato in avanti.

E arrivò fino all'albero del fuoco senza più esitare.

«Io non ho mai imparato.»

«Non c'erano biciclette sulle nostre Navi. Non c'era stato il tempo di prenderle, ricordi?»

«Mi è sempre sembrata una tale meraviglia. Così semplice. Una meraviglia semplice. Altro che teletrasporto.»

«Puoi sempre fare un salto giù e toglierti la curiosità.»

«Non credo che ci riuscirei. Alla prima caduta sarei spacciato.»

«Oh, andiamo. Ti aggiusterebbero subito. Non possono permettersi di perderti. Non possiamo permetterci di perderti.»

«Se non ti conoscessi da tanto tempo direi che mi stai adulando.»

«Dico sul serio. Senza di te tutto questo non avrebbe senso. Non sarebbe mai successo.»

«Spero che ne sia valsa la pena. Di farlo succedere, dico.»

«Ne vale sempre la pena. Lo sai.»

I padroni

Arrivati in cima alla collina non si sedettero nemmeno, perché la meraviglia fu più forte della stanchezza, ed era una meraviglia da tenerli diritti e immobili, senza parole e senza fiato. Davanti a loro si stendeva la pianura rossa, macchiata qua e là da gruppi di piante come grandi ombrelli piatti. Sembrava che per qualche miracolo lì l'invasione della plastica non fosse arrivata: forse il giro dei venti o la barriera naturale dei colli l'avevano trattenuta tutta. Solo le pozze d'acqua e uno stretto nastro di fiume circondato da un verde umido luccicavano nel sole, com'era giusto che fosse.

Gli animali erano tutti lì.

«Gli elefanti» disse il Vecchio, indicando un cordone di esseri in lenta avanzata: era come se qualcuno avesse messo in fila delle pietre, dalla più grande alla più piccola. Ogni tanto un naso lunghissimo si arricciava e strombettava un richiamo rauco e forte.

«I leoni» aggiunse, puntando verso una massa color della paglia, appena distinguibile contro le alte erbe bionde solleticate dal vento. A guardar bene si distinguevano movimenti pigri, un balenio d'occhi, un saltar su e intorno di cuccioli.

«Le zebre.» Orlato di polvere, il branco si spostava come scivolando, il bianco e nero dei manti stranamente nitido contro il colore confuso di fondo. «E gli gnu. Le gazzelle.

I bufali.» La lontananza attutiva il rumore: si sentiva solo una sorta di brontolio, come di acqua veloce, o di tuono molto lontano.

«Tutto quello che si sposta su zampe o ali e che non siamo noi sono animali» concluse il Vecchio. Nessuno ebbe da ridire sulla definizione.

«Sono belli» disse Kai.

«Sono anche buoni?» chiese Gerda.

«Non è necessario» disse Moshe.

«Cosa facciamo?» riprese Kai.

«Li osserviamo» disse il Vecchio.

«Perché?» chiese Gerda.

«Per imparare a guardarci da loro» rispose Moshe.La bambina lo fissò senza capire. «Per sapere come si comportano» spiegò, scegliendo bene le parole, questa volta «e non correre rischi. Sono belli, ma sono anche potenti, e pericolosi. Questa è la loro terra» e fece un gesto ampio col braccio. «Noi siamo i nuovi arrivati, gli estranei. Dobbiamo adattarci, trovare il nostro spazio.» Rivolse lo sguardo al Vecchio in cerca di rassicurazione.

«Ah, ma qui di spazio ce n'è tantissimo, no?» intervenne Kai. «C'è tutto lo spazio del mondo. E poi non vorranno venire a vivere con noi nella nostra casa, è troppo piccola... Come sono le loro case?»

«Non ce le hanno» spiegò il Vecchio. «Preferiscono il fuori al dentro. Anzi, il dentro lo detestano proprio.»

«Anche quando piove?» chiese Kai.

«Anche quando hanno paura?» chiese Gerda, un tono di voce più sotto.

«Anche» disse il Vecchio. «All'acqua loro non ci badano. E la paura... diciamo che hanno paure diverse dalle nostre.»

«Non gli fa paura il buio?» Gerda sgranò gli occhi. «E i versi nel buio?»

Moshe rise. «Sono loro, gli animali che fanno i versi nel buio, quelli che sentiamo tutte le notti. Dovrebbero avere paura di sé stessi...»

Gerda lo guardò senza capire. Kai, che non aveva capito di più, fece una risatina di scherno. Gerda detestava che si ridesse di lei, e gli diede una gomitata. Si azzuffarono senza farsi male, come sempre, una lotta mimata, silenziosa, consumata in mezzo alla polvere, come per ristabilire i limiti. Poi si rialzarono, spazzolandosi le camicie.

«E noi abbiamo paura?» chiese Gerda.

«Di loro?» completò Kai.

Il Vecchio rifletté, calcolò. Bisognava che capissero, ma senza chiudersi. «Dobbiamo stare attenti» disse infine. «Perché sono più grossi di noi, e non ci conoscono.»

«Ma possiamo andare da loro. Così poi ci conoscono» disse Gerda.

«No» disse il Vecchio, paziente. «Hanno gli artigli, le zanne, corrono veloci, hanno fame.»

«E allora?» chiese Gerda.

«Allora ci mangiano.»

«Ci mangiano?» ripeté Gerda incredula.

«Se hanno molta fame magari sì.»

Gerda rifletté un attimo. «E dopo che ci hanno mangiati?»

«Dopo non ci siamo più, scema» disse Kai, per una volta più veloce. Lei gli diede una gomitata nella pancia, forte, costringendolo a piegarsi in due dal dolore. «Vero?» disse, una smorfia stampata in faccia, rivolto al Vecchio. «Vero che non ci siamo più? Come le patate. Prima ci sono, poi le mangiamo e non ci sono più.»

«Ma io non sono una patata» rise Gerda. Poi, colta dal dubbio, seria: «Cosa sono?»

Che fatica, pensò il Vecchio. Le parole più semplici – sempre, più, essere, esserci – che diventavano così difficili, scivolose. Alla fine fu Moshe a trarlo d'impaccio nel modo più semplice. «Una bambina. E lui è un bambino» indicando Kai. «E io un ragazzo.»

«E il Vecchio un vecchio» concluse Kai senza smettere di abbracciarsi la pancia.

«E noi cosa siamo?» chiese Gerda. «Noi tutti insieme, dico. Loro» e allargò le braccia per indicare qualcosa di grande e indefinito «sono animali. E noi cosa siamo?»

«Umani» rispose Moshe.

«Umani.» Gerda si rigirò la parola in bocca, sillabandola. «U-ma-ni. È più bello animali. Avevi detto che eravamo anche noi animali» aggiunse, implacabile. Lo guardò sgranando gli occhi. «Allora siamo tutti e due?»

In quel momento un marabù si posò a terra, a pochi passi da loro, il gozzo urlante di rosso, gli occhi piccoli e vitrei, il becco grande, l'equilibrio incerto, le piume in disordine. Gerda lo degnò appena di uno sguardo e disse: «Io non sono come lui. Io sono bella.»

Il Vecchio e Moshe risero. Kai esitò un attimo prima di

imitarli: ridere della gemella andava sempre bene. Un'altra pausa, e rise anche lei. Il marabù, seccato da quell'esplosione di rumore, aprì le grandi ali e se ne andò.

«Non è vero!» Gerda arrivò senza fiato, si piegò in due premendosi un fianco per il dolore della corsa, ma riuscì a sputare quella frase prima di inghiottire l'aria a grandi boccate, per calmarsi. Quando l'ansito tornò respiro si rimise diritta e guardò il Vecchio con aria di sfida, ma una sfida allegra. «Non è vero» ripeté più piano.

«Non è vero cosa?» le domandò il Vecchio con calma, posando a terra il grosso tubero che stava ripulendo dalle croste di terra. Facevano una vita tranquilla, regolata dal lavoro nei campi e dalla collezione di provviste, tutta misurata sul lavoro. Moshe lo aiutava sempre, vigile e paziente. I bambini si stancavano in quelle occupazioni ripetitive, e prendendo via via sicurezza si allontanavano dalla capanna a cerchi concentrici: i primi giorni erano sempre a portata di sguardo, poi non li si vedeva più ma li si sentiva strillare d'eccitazione o spavento o semplicemente di gioia; ormai sparivano e basta, distanziati dal silenzio. Coltivavano segreti. Il Vecchio li lasciava fare: era un bel modo di crescere. E poi al villaggio non si correvano rischi.

Ma allora?

Gerda saltava su e giù, spostava il peso del corpo da una gamba all'altra. Kai stava in silenzio a guardarla, un po' in soggezione: lui doveva aver già saputo di cosa si trattava.

«Non è vero che sono tutti pericolosi. Gli animali, dico» sbottò finalmente la bambina. «Io ne ho trovato uno... È mio amico. Mi vuole già bene. È poverino. Mi vuole bene. È mio amico. Volete vederlo? Volete? Volete? Volete?»

«Piano, piano» cercò di calmarla il Vecchio. «Si può sapere di cosa stai parlando?»

Spiegò. Aveva preso la bicicletta – dopo una serie di lezioni impartite con molta pazienza da Moshe i gemelli erano diventati perfettamente padroni del mezzo, che si dividevano con una serie di turni molto ben patteggiati – e si era spinta parecchio fuori dal villaggio, lungo la strada che portava al lago. Non sapeva dire quanta strada avesse fatto; ma a un certo punto aveva sentito un gran fruscio nella macchia accanto alla strada e si era fermata. «Era come se fossimo tutti noi insieme che calpestiamo i cespugli» spiegò. «Così sono andata a vedere.»

Il Vecchio cercò di non lasciar trapelare la meraviglia: possibile che non si fosse data alla fuga, invece? Non sapeva se essere ammirato o preoccupato. Ma non era il momento di stare a pensarci.

«Sono andata piano piano, un passo, un altro passo, per non farmi accorgere» continuò Gerda. «Ho spostato le foglie...»

Una lunga pausa, come se stesse cercando le parole, ma lo sguardo lucente diceva solo il gusto di farli aspettare. Aveva anche imparato a raccontare.

«Ed eccolo lì!» Unì le mani con uno schiocco. «Un elefante! Piccolo, però» aggiunse in risposta allo sguardo esterrefatto del Vecchio. «Piccolo e poverino. È rotto. Quella cosa...

ce l'ha rotta.» E mimò con le mani la proboscide. «Rotta e corta così. Ma è bello lo stesso, eh. Ed è anche bravo: fa tutto, strappa le foglie, se le ficca in bocca... È un po' strano da guardare. Però ce la fa. Comunque quando ho visto che era piccolo e rotto ho pensato che non c'era da spaventarsi e non poteva farmi niente, e poi era da solo, non c'erano dei grandi con lui, ho guardato bene, ho *sentito* bene. Così gli sono andata vicino e lui mi ha guardato e non mi ha fatto niente. Mi ha guardato con quegli occhietti piccoli e ha continuato a masticare, tranquillo. L'ho anche toccato... punge. Insomma, ha la pelle strana. Aveva un sacco di mosche intorno, così ho preso una foglia di palma e l'ho un po' sventolato come facciamo noi ed era contento. Infatti ha smesso di masticare e mi ha guardato ancora per un pezzo e poi è venuto vicino e io non mi sono mossa e mi ha messo quella cosa, la pro... pro... quella, insomma, sulla testa, ma piano. Come una specie di carezza. Volevo restare lì per sempre, poi ho pensato che vi preoccupavate e allora gli ho detto ciao e sono tornata indietro, però adesso mi dispiace e vorrei andare ancora da lui e se venite anche voi lo vedete, basta far piano per non spaventarlo, è piccolo, è rotto...»

Un cucciolo di elefante con un danno. Il Vecchio scrollò il capo. Era fortunata a non essere stata assalita da qualche adulto protettivo.

«Allora, venite? Andiamo subito? Andiamo? Venite? Andiamo? Non si può andare tutti in bici, magari io vado avanti con Kai, sappiamo anche andare in due, sulla bici, così ritrovo il posto e vi aspetto e voi avete le gambe più lunghe e poi arrivate e lo vedete...»

Lo avvistarono parecchio più in là rispetto a dove Gerda diceva di averlo incontrato, seguendo una pista di arbusti schiacciati da zampe ben più potenti delle sue. Risalirono una collinetta, e una volta sulla cresta lo videro, li videro. Erano in una vasta pozza, intenti a bagnarsi. Il piccolo affondava fino al collo, contento. Aveva solo un moncone di proboscide, come un disegno incompleto. Gli adulti lo spruzzavano di acqua fangosa, con sua grandissima gioia. Dopo molti giochi e pasticci il gruppo si allontanò. L'elefante piccolo, come altri cuccioli, era scortato dagli adulti, si muoveva sicuro nella foresta delle loro zampe.

«Loro sono così» spiegò il Vecchio sottovoce. «Una vera famiglia. Stanno sempre insieme e si aiutano e si difendono a vicenda. Il piccolo da solo farebbe una gran fatica a sopravvivere, può mangiare, ma tante altre cose da elefante non gli riescono. Ci pensano gli altri per lui.»

«Tipo noi?» disse Kai. Fino ad allora non aveva aperto bocca, forse mortificato dal fatto che la grande scoperta del giorno, forse la più grande di tutte di sempre, fosse toccata a sua sorella.

«Tipo noi, sì. Però voi il naso ce l'avete intero» disse Moshe. «E anch'io» e se lo sfiorò.

«Intero, e anche lungo» scherzò il Vecchio. Moshe lo guardò impermalito.

«Ma perché vanno via?» chiese Gerda, sull'orlo delle lacrime. «Lui era mio...»

«Li rivedremo, Gerda» la consolò il Vecchio. «Ma devi promettermi che non ti avvicinerai mai più.»

«Ma lui lo sa che sono buona.»
«Lui forse sì. I suoi adulti no.»
«Anche tu fai così se viene qualcuno vicino a noi? Anche tu non ti fidi?» domandò Kai.
«Dipende. Ma certo, sto attento. Sono qui per stare attento. Anche voi dovete stare attenti da soli, l'uno per l'altro. Sempre. Perché...»
Non continuò. Moshe gli posò una mano sul braccio per fermarlo, e intervenne: «Perché sì.»
Il Vecchio annuì. Gerda si passò il dorso della mano sulla faccia, strisciando un impasto di lacrime e polvere sulle gote. «Ma era il mio elefante» sussurrò.

«Sarebbe bello.»
«Che cosa?»
«Un mondo in cui animali e umani vivono fianco a fianco in pace.»
«Una volta esisteva. Lo chiamavano Paradiso.»
«Lo credi davvero? E che cosa mangiavano gli animali? Erano tutti vegetariani?»
«Non avevano bisogno di mangiare. Bastava respirare, amare, vivere.»
«Sei una gran sentimentale, sai. Sotto quella buccia...»
«Smettila di prendermi in giro. E comunque sì, sarebbe bello. Sarebbe stato bello.»
«Il Paradiso di cui parli non aveva mai fine.»
«E allora?»
«Chi c'era c'era, e basta. Restava per sempre. Non si moriva

mai. Niente cambiava mai. In quel Paradiso noi non saremmo mai esistiti. Noi, e loro.»

«Ah, ma non l'avremmo saputo. Di non esistere, dico. Perché uno che non esiste non lo sa, che non esiste. È così semplice.»

«È così complicato.»

«Forse hai ragione tu.»

Però bella

«Sono scura, però bella» mormorò il Vecchio.

Era una serata quasi fresca, con un'aria veloce che spazzava gli alberi. Il cielo, che per tutto il giorno era stato di un azzurro molto chiaro, quasi lattiginoso, era più acceso agli orli e diventava rapidamente blu. Sedevano su una panca trovata in un'altra capanna e sistemata davanti alla casa, come fa chi ha passato un giorno intenso e si gode la stanchezza e il riposo. Avevano innaffiato i campi, trasportando le taniche di plastica, i gemelli una in due, facendo a turno e trascinandosi un po'; un avanti-indietro di pazienza per dar da bere ai germogli che rischiavano di ingiallire. I due piccoli disegnavano coi legnetti nella terra.

Si fece avanti come un'apparizione, il vento che le spingeva indietro la veste allacciata sotto le spalle disegnandole il corpo, il passo indolente, lento, misurato di chi vuole farsi guardare. Calma, serena, le spalle molto diritte e il collo molto lungo. Capelli arricciati corti attorno al viso pieno e opaco; occhi grandi, il bianco accecante contro l'ebano della pelle, labbra piene che sembravano sforzarsi di trattenere qualcosa – un sorriso, una parola.

Invece taceva.

«Però bella» disse ancora fra sé il Vecchio.

Moshe parve non sentirlo. Era come ipnotizzato da quell'incedere sicuro, dalle spalle nude e tonde sopra la stretta della stoffa a stampe blu, dalla luce dello sguardo. Incorniciata nella sera, un'apparizione, una dea.

Quando fu vicina rallentò fino a fermarsi; le labbra si dischiusero in un piccolo sorriso ospitale, mostrando denti bianchi come la polpa di un frutto delicato.

«Però bella» ripeté Moshe, trasognato. Allora aveva sentito. «Bella e basta. Però niente» aggiunse.

Si fece avanti e le porse la mano, non destra con destra, come in un saluto formale, ma la sua destra verso la sinistra di lei, come si accoglie una compagna di danze. Il Vecchio si sentì inutile, messo da parte, e poi sollevato, e infine contento. Moshe le si affiancò e insieme coprirono i passi che li separavano dal Vecchio e dai gemelli, che la contemplavano curiosi come si contempla un animale mai visto prima, lo stesso stupore che avevano riservato alle iene, ai coccodrilli, alle gazzelle. Gli uni di fronte agli altri, si studiarono con attenzione. Il Vecchio aveva tante domande, ma sapeva che le risposte erano inutili, e insignificanti. Che fosse miracolosamente sopravvissuta alla catastrofe, magari insieme a un adulto, o che l'avessero allevata gli animali, o chissà che altro, alla fine non aveva alcuna importanza. Era arrivata lì, al posto giusto. Riempiva il vuoto. E in Moshe si levava la voce del sangue, che cantava e trovava nuove strade e gli inumidiva gli occhi. Era un ragazzo; presto sarebbe stato un giovane uomo. Ed era così perfetto che potesse abbandonarsi a quella cosa elementare e necessaria: l'istinto di sopravvivenza quando supera sé stesso per guardare altrove. Due è meglio di uno. Due è più di uno. Due è il numero perfetto, finché non sarà tre, o quattro, o dieci, e saranno perfetti anche quelli.

«Adaeze» disse la ragazza. Il Vecchio si riscosse dai suoi pensieri. Era venuto il tempo delle presentazioni. I due gemelli si guardarono per cercare sicurezza, poi pronunciarono i loro nomi: Kai come un'esplosione; Gerda come un sussurro. Toccò a Moshe, e infine a lui.

Se avesse conosciuto i significati dei nomi di un'altra vita avrebbe saputo che Adaeze significa 'Figlia del Re'. E sarebbe stato contento: avevano proprio bisogno di una principessa, da quelle parti. Pensò ai figli bellissimi che lei e Moshe avrebbero messo al mondo, occhi d'acquamarina, pelle nocciola, capelli ricci. Pensò che era proprio questo che intendevano all'Addestramento quando parlavano del momento del distacco. *«Lo capirete da voi, non c'è calendario, non ci sono previsioni.»* Aveva sempre saputo che sarebbe successo, però gli faceva male, pensare che non avrebbe visto quei bambini, e quelli dopo, a venire, una stringa di esseri nuovi. Sapeva che se la sarebbero cavata tutti: i gemelli perché erano forti, come quelle bambole assurde di una volta col corpo di sfera che dondolavano sulla base e tornavano sempre in piedi, qualunque cosa tu facessi loro. Moshe perché non era più solo. E la Principessa era destinata a diventare regina. La Regina del Mondo Nuovo. Sembra il titolo di un brutto film fantasy, si disse. Ma la realtà sorprende sempre. La realtà è altre possibilità.

Gerda intanto si era appesa alla mano libera di Adaeze e con insistenza l'aveva separata da Moshe. Kai, rapidissimo, prese il posto del ragazzo più grande. La condussero verso il Vecchio, come in un rito che stavano inventando in quel momento, e una volta davanti a lui la lasciarono andare.

«*Nna*» disse lei, e s'inginocchiò, guardandolo da sotto in su. Visti da vicino gli occhi erano umidi, immensi, pieni di segreti, orlati da ciglia arcuate e lunghissime. Ancora indecifrabili. Forse sono io che non capisco più questa lingua, si disse il Vecchio. O forse è solo che quello che sta dicendo in silenzio non è per me.

La ragazza abbassò lo sguardo e lui si sentì sollevato. Poi gli tese tutte e due le mani. Lui le prese. Erano fresche, il dorso lucido e scuro, i palmi di un rosa indifeso.

Se avesse conosciuto i significati delle parole di un'altra vita avrebbe saputo che la ragazza l'aveva chiamato padre. E ne sarebbe stato contento.

Forse lo capì lo stesso.

Lui e lei

Lui la sogguardava, seduto su una roccia, senza parlare. Fingeva di sbucciare un bastone con il coltello, per farci chissà che cosa. Ma le mani andavano per conto loro, e gli occhi erano altrove. Il Vecchio pensò di farglielo notare: poteva anche tagliarsi. Poi ci ripensò.

Lei frantumava semi di mais con una lentezza che era pazienza ma conteneva anche l'idea di avere tutto il tempo del mondo davanti. Non che avesse torto, del resto. Teneva gli occhi fissi alla ciotola e al pestello.

Lui finalmente smise di sbucciare il bastone, lo posò sulla roccia insieme al coltello e scivolò giù. In piedi, si passò le mani sui pantaloni, poi nei capelli. Fece alcuni passi avanti.

Lei dovette cogliere il movimento al margine del proprio sguardo perché i colpi nel pestello rallentarono fino a fermarsi.

Lui avanzò ancora, si fermò davanti a lei.

Lei risalì con lo sguardo dai piedi scalzi alle gambe magre al corpo al viso.

Si fissarono.

Lei si alzò in un solo gesto fluido, senza barcollare, precisa, come se l'avesse provato mille volte per arrivare preparata a quel momento.

Si fronteggiarono.

Lui era più alto di tutta la testa, e per guardarla negli occhi dovette farsi un po' indietro.

Lei alzò una mano e gliela posò sulla guancia.
Lui parve spostare il peso della testa sul palmo di lei.
Fu a quel punto che il Vecchio si voltò e se ne andò.

«Venite a vedere. Adesso, adesso. Subito.»

Gerda saltava su e giù, impaziente, impetuosa. Si voltava e si rivoltava. Agitava le braccia, disperandosi per attirare la loro attenzione. Moshe sospirò, e poi si trattenne a metà, lasciando uscire l'aria molto piano invece di sbuffare. Ogni tanto si rendeva conto di aver assorbito certi modi di fare del Vecchio, e da una parte gli piaceva, dall'altra non voleva. Lui era lui. E il Vecchio non c'era più.

«Cosa dobbiamo vedere?» Si alzò, rassegnato. Adaeze, accovacciata a terra, intenta a impastare il grano con l'acqua per fare una delle sue focaccine che poi avrebbe cotto su una lastra di pietra caldissima, gli rivolse uno sguardo di complicità e continuò a lavorare.

«No, devi venire anche tu» disse la bambina alla ragazza. «Lascia stare.»

Adaeze ripulì con cura le dita dall'impasto, attenta a non perderne nessun frammento. Poi si rialzò e diede la mano alla bambina, che la prese con una smorfia: «Appiccichi» disse, ma la strinse comunque e cominciò a strattonare la ragazza verso la porta del cortile.

Kai e Moshe si unirono a loro appena fuori. «Di qua, di qua.»

Gerda li condusse verso un albero della pioggia al limitare del villaggio. Era sottile, alto e nudo, e contorto, come piegato da chissà quali sofferenze; l'ombrello dei rami carichi di fiori violetti si apriva aggraziato; intorno aleggiava una dolcezza leggera. «Veniva sempre qui, ve lo ricordate? Eh? Secondo me è ancora qui.» E puntò l'indice verso la base del tronco, dove la corteccia si sfioccava.

«Ma lì non c'è niente» disse Kai, stropicciandosi gli occhi. «Niente di niente. Solo polvere.»

Non era vero. Moshe si accovacciò e con la punta delle dita parve accarezzare la terra. Si voltò verso gli altri e sorrise.

«Qualcosa c'è» disse.

Si avvicinarono e si chinarono. Gerda li fissava trionfante. «Ve l'avevo detto.»

Sotto il dito di Moshe, riconoscibile, appena appannato dalla polvere, c'era un bottone argentato.

«È la sua giacca. E allora?» disse Kai, ancora deciso a smentire la sorella.

«E come c'è finita lì?»

Moshe sospirò, questa volta fino in fondo. Non voleva che i bambini immaginassero troppo.

Prima che potesse pensare alle parole da dire, Gerda si accoccolò accanto a lui, prese il bottone tra le dita e tirò.

Il bottone non si mosse.

Gerda tirò più forte.

Niente.

Moshe le scostò la mano, con delicatezza. «Lascialo stare. Dorme.»

«Cosa, il bottone?»

«Il Vecchio. Dorme. Non si disturba chi dorme.»

«Ma io pensavo...» Gerda cercò di protestare. «Se tiravamo, ma forte, tutti insieme...»

Moshe scosse la testa. «Non torna indietro, Gerda. Non torna.»

Gerda chinò il capo, fin troppo in fretta, rassegnata, come se l'avesse già saputo da sé.

«Ma questo è il suo albero. Possiamo venire qui, quando vogliamo pensare a lui. Pensare com'era.»

«Ricordarcelo» disse Kai.

«Io me lo ricordo anche senza venire qui» disse Gerda con un moto d'orgoglio.

«Sì, ma qui è più bello. Guarda che bello.»

Una folata fece tremare i rami. Era come se l'albero parlasse con la sua lingua d'aria e di foglie. Poi il vento cadde, e l'albero tacque. Tacquero anche loro. Poi, lentamente, si rialzarono e tornarono verso il villaggio.

DAL MANUALE DI ISTRUZIONI
PER IL RIPOPOLAMENTO DEL PIANETA TERRA

Congedo:

Quando saprete che il vostro tempo è scaduto – e lo saprete con assoluta certezza, non ci saranno dubbi – lasciate i bambini dove sono. Allontanatevi da loro. Non portate niente con voi: non vi servirà. Avrete già trovato un posto che vi piaccia, un luogo per il vostro riposo. Raggiungetelo senza farvi accorgere. Mettetevi comodi. E aspettate. Sarà la Terra a prendersi cura di voi. Non sarà doloroso; sarà semplice. Avrete portato a compimento la vostra Missione, e potrete riposare.

Voci

Cantavano. Cantavano sempre, dalla mattina alla sera. Era stata Adaeze a portare la musica nelle loro vite, e non potevano più farne a meno. I gemelli avevano imparato tutto il repertorio molto prima di capire le parole e il senso. Moshe ci aveva messo di più perché si faceva domande, e le faceva a lei. Poi avevano fatto rapidi progressi, e ormai cantavano ogni cosa. Adaeze improvvisava, e loro dietro, mettendo in fila le parole come in una collana, guidati dalla cantilena delle poche note.

Peccato che il Vecchio non fosse più lì, pensava Moshe ogni tanto. Gli sarebbe piaciuto. Li avrebbe ascoltati chiudendo gli occhi, come faceva quando era stanco, o sereno.

Cantavano tutto. I frutti sugli alberi e i frutti caduti nei solchi. *Mango nella bocca è gioia.* I tuberi che dormivano sottoterra e dormendo crescevano per loro. *Ti ringrazio, patata, di gonfiarti.* Le galline che ogni tanto trafiggevano con lenti spiedi colando il poco grasso sopra la fiamma, e avevano un odore tanto più buono così, diventate vittime e cibo. *Gallina, tu mi profumi.* La pioggia quando veniva, e quando non c'era, perché arrivasse. *Acqua che dal cielo ci consoli.* Il sole perché fosse gentile e tirasse fuori dalla terra le foglie e i frutti, come se avesse fili attaccati ai raggi. La luna, che splendesse per accorciare le ombre. Il riso bagnato d'acqua. Le pannocchie. *Zucchero nella gola.* Tutto era una canzone, c'era voce per tutto; il mondo sembrava ascoltarli, e se non cantava in risposta, certo ascoltava. Sembrava che la loro capanna nel villaggio fosse attorniata da un cerchio magico. Stavano bene. Erano felici, e forse non lo sapevano, non c'era quella parola nel vocabolario incrociato e ancora così povero che avevano messo insieme. Ma sapevano quello che avevano anche senza dargli un nome, e cantavano.

Terza parte

«A cosa serve?»

«Eri d'accordo, prima. Come mai questi dubbi? Adesso che è troppo tardi, poi.»

«Abbiamo deciso troppe cose in una volta. Non ho potuto riflettere a fondo su tutto. È colpa mia. Ma questa mi sembra una trovata assurda.»

«E perché? Il clima è temperato. Ci sono case in abbondanza. L'acqua corrente. La luce. Combustibile. C'è tutto.»

«Sì, ma perché proprio lì?»

«E perché no? È un posto come un altro. Solo più bello. Più speciale.»

«Ma cosa se ne faranno di tanta bellezza? Sempre che la vedano.»

«Dubiti di loro?»

«Dico solo che avranno altre cose a cui pensare.»

«Infatti non devono pensarci.»

«Di tutti è l'esperimento più esperimento. Che cosa ci aspettiamo?»

«È questo il punto. Non ci aspettiamo niente. Staremo a vedere. Che cosa ci perdiamo? I luoghi abbandonati soffrono, e muoiono. Così ci sono più possibilità che torni a vivere. È già un miracolo che non sia finito distrutto.»

«Non siamo stati molto bravi a tenerci quello che eravamo.»

«Non sono *stati bravi. Noi cosa c'entriamo? Eravamo solo bambini.»*

«E adesso che siamo cresciuti finiamo quello che hanno cominciato loro.»

«Ogni fine è un inizio.»

«Sei troppo saggia per piacermi.»

«Sta' a vedere. Vedrai. Abbi fiducia.»

«È tutto quello che ho.»

Dal muro

Bambina Bianca veniva tutte le notti a tirarlo per i piedi, ne era certo. Era sicuro che fosse lei a destarlo dal sonno che era tanto faticoso acchiappare in quel posto, nel freddo, dopo le fatiche del giorno. Sì, era lei. Scivolava giù dal muro, si lasciava la porta socchiusa alle spalle e percorreva piano i corridoi con quelle sue scarpette morbide inutili che doveva avere, anche se non si vedevano sotto l'abito verde che le ricadeva attorno frusciando come una tenda calata. Ma era sicuro che ce le avesse, le scarpe: tutti nelle figure ce le avevano. Non poteva andare scalza, sulla pietra liscia? Come lui, come gli altri? Insomma, non c'era niente che le potesse far male, lì, a parte un po' di polvere, ma certo doveva essere schizzinosa, una bambina pulita e difficile, lo si vedeva dalla smorfietta che le spiegazzava la faccia. Veniva e lo tirava per i piedi e poi spariva e lo lasciava lì sveglio, a guardare il vuoto, ad ascoltarlo con tutti i suoi rumori che si moltiplicavano. Era lei che portava la paura: le faceva strada dentro quella grande casa che solo lei poteva conoscere bene perché stava lì chissà da quanto tempo, da sempre – loro erano arrivati da un pezzo e ancora ci si perdevano – e la lasciava lì, ai piedi del suo giaciglio. Poi si voltava e correva via nel silenzio e si rimetteva a dormire, lei che poteva, e certo doveva avere un letto di quelli che ci si arrampica sopra, ci si chiude dentro con delle specie di tende e si sta al sicuro dagli animali. Anche quelli c'erano nelle figure. La paura era bianca, come la bambina: aveva una faccia di civetta nel buio, gli occhi grandi, e faceva dei rumori, non diceva parole, faceva solo rumori, e quando eri sveglio basta, il sonno non tornava più.

Aveva anche provato a seguirla. Quando sentiva il corpo agitarsi e la testa accesa, e lo sapeva che era colpa sua, si alzava più piano che poteva, scavalcando gli altri con grande attenzione per non disturbarli, e poi scivolava via nel semibuio delle stanze – anche con la notte fuori, le finestre erano così grandi e alte che un poco ci si vedeva sempre – deciso a rincorrerla fino ad acchiapparla, e si lasciava scivolare sul pavimento lucido, appena impolverato, della sala grande: pattinava, se avesse saputo che cosa voleva dire. Ma lei era tremenda. Ti scappava sempre via, ti sfuggiva tra le dita come uno spirito; e quando ti aveva fatto fare tutto il giro della casa e tu eri stanco sfinito te la ritrovavi lì al suo posto come niente: riscivolava sulla parete e ti guardava ferma immobile muta con quel suo mezzo sorriso da stupida stupidissima.

Farla a pezzi. Strapparle la camicia bianca, scuoterla tutta, picchiarla, pugni sulla faccia già gonfia che diventasse ancora più gonfia.

Bisognava pur avere qualcuno con cui arrabbiarsi.

Di tutti i luoghi

Quando li avevano deposti all'inizio del grande viale fiancheggiato da alberi che sembravano lunghi pennelli non aveva creduto ai suoi occhi. L'aveva anche detto al pilota, che si era affacciato alla bocca spalancata della Nave per un ultimo saluto: «Ma sei sicuro?»

«Il Calcolatore dice sempre la cosa giusta. Chi sono io per contraddirlo? Sempre che sia possibile» aveva risposto il pilota con una risata amara. «E comunque mi sembra un bel posto. No?»

La cosa giusta, aveva pensato il Vecchio. Un bel posto. Sicuro.

Era una mattina appena fresca, ma i bambini si erano ammucchiati l'uno sull'altro come sopraffatti dalla timidezza o dal timore, un gruppo informe alla fermata di un bus che non si sa dove vada: e invece avevano freddo. «Su, su» aveva detto il Vecchio, battendo le mani come un maestro in gita. «Dobbiamo andare fin laggiù.»

Nella distanza la villa sembrava disegnata, irreale. Si misero in fila e poi in marcia, una marcia sostenuta, per dissipare i brividi. Il Vecchio si aspettava di doverli tenere insieme, un branco di animali eccitati dalla novità: e invece no, procedevano senza distrazioni, gli occhi fissi davanti a sé. Che cosa gli hanno fatto?, pensò. E poi: Ma sarà la destinazione giusta?

Non c'era una destinazione giusta per nessuno, lo sapeva

bene. Adattamenti millenari del tutto scombinati. Ma era stato il caso a determinare l'assegnazione dei gruppi ai luoghi: un computer, e il caso. La lavagna cancellata e nuovi segni da tracciare. I segni erano loro. Go, piccolo e compatto; Rah, ossuto e incerto; Udo che sorrideva più degli altri – ma nessuno era generoso, quanto a sorrisi; e Isi, la sola femmina, guardinga, sempre controllata, capace di mantenere una sua superbia anche negli sballottamenti dalle Basi e nel viaggio pazzesco sopra la Nave dai Mille Occhi, come l'avevano battezzata tra loro. Avevano passato giorni coi nasi incollati agli oblò a cercare di decifrare quella lunghissima notte punteggiata di fasci di stelle a pioggia e schegge di pianeti, senza mai stancarsi dello spettacolo, allontanandosi appena il tempo di mangiare, andare in bagno, dormire quando proprio si doveva. Al risveglio erano di nuovo là, uno per finestrino. Che cosa ci vedessero nel buio luminoso non era dato saperlo; non ne parlavano; se interrogati rispondevano a monosillabi, come se da qualunque domanda si potesse uscire con un sì o con un no. Cercare di far scuola nel modo grossolano che era possibile sulla Nave, per conoscersi, era stato impossibile; seduti intorno a lui in un silenzio forzato, evitavano il suo sguardo e lo puntavano sugli oblò, ansiosi di tornarci. Alla fine li aveva lasciati fare. Avremo tempo di aggiustarci dopo, si era detto. In fondo non li depositavano in una giungla, o sui ghiacci eterni, né dentro le rovine di una grande città, insidiose come sabbie mobili, ma su serenissime colline, in una landa che aveva conosciuto la civiltà a lungo prima di smarrirne il senso con la stessa velocità toccata a tutto il resto.

Ma quel mattino luminoso e fresco, quella luce acuta e precisa, i colori chiari che invadevano lo spazio – verde, giallo, azzurro, e molto bianco – dopo tanta notte sembravano stordirli. Solo Go, il più piccolo e spavaldo – anche se forse andava definito per negazione: il meno chiuso, ecco –, ogni tanto restava indietro nella fila, si accovacciava accanto al fosso per osservare o raccogliere qualcosa, si voltava di scatto al richiamo ululato di un uccello invisibile. Le erbe erano altissime ai due lati della strada, ma in un modo carezzevole; si piegavano gentili nel vento facendo da quinte al loro passaggio.

Davanti alla facciata coi suoi archetti delicati rimasero immobili a lungo, le facce in su. Statue li fissavano con occhi vuoti e manti di muschio sulle spalle; per qualche miracolo, anche vista da vicino la villa sembrava non aver quasi subìto il tocco dell'abbandono. Si aspettava brutte sorprese dentro, e fu ancora più stupito. A parte un prevedibile velo di polvere, era tutto intatto: gli affreschi con le loro tinte precise, gli arredi scarsi e preziosi che lasciavano parlare la vastità elegante delle sale. Li guidò verso quella che pensava dover essere l'ala della servitù, cercandola con l'istinto: non c'è intenzione, si disse, ma certo ci troveremo più a nostro agio là.

E infatti: i soffitti erano più bassi, niente logge, niente dipinti, ma pareti fumose, confortanti nella loro imperfezione, e una sequenza di stanze di medie dimensioni popolate da un mobilio riconoscibile – le sedie per sedersi, i tavoli per lavorarci. Un camino cavernoso con una bella catasta di legna ritagliata con precisione e infilata nel vano accanto, e file di pentole di rame appese a grappolo sopra un tavolone: ecco la cucina. «Vi piace qui? Potremo cucinare, mangiare, e stare al caldo.» Ecco, appunto, mangiare: era il primo problema da risolvere. Aprì un'anta, poi un'altra: nella dispensa erano ancora allineate file e file di barattoli coi loro contenuti misteriosi, bulbi e triti di verdure compattati in un bagno rossastro o verdino che diceva veleno solo a guardarlo. Lì accanto c'erano scatole di pasta andata da moltissimo tempo. Ne aprì una, poi un'altra: stranamente le farfalline del cibo sembravano averle risparmiate. Bottiglie d'olio, d'aceto, di vino. Il sale, lo zucchero.

«Va bene» disse il Vecchio. «Cominceremo da qui.»

Accendere il fuoco fu un attimo: c'erano perfino i fiammiferi. I bambini sgranarono gli occhi davanti a un miracolo che sembravano ricordare da millenni, e tesero le mani d'istinto a scaldarsi, come vecchietti intirizziti. «Via, via, che ho da fare» disse il Vecchio, ma rimasero stretti, troppo vicini alla fiamma, ad assistere a tutte le fasi della preparazione: il paiolo con l'acqua appeso alla catena, un pugno di sale – ne assaggiarono tutti un cristallo, succhiandolo come si fa con le caramelle – e poi il bollore. «Attenzione, pericolo.» E il Vecchio schizzò intorno gocce d'acqua caldissima: corso accelerato di sopravvivenza ai pericoli minimi della vita quotidiana. La pasta gettata che sobbolliva, rimestare, assaggiare. Mangiare. Bollente, fumante, con l'olio era miracolosamente buona, dopo i pasti blandi della Base e della Nave. Udo per la voracità cercò di afferrarla con le mani ma si scottò, e così acconsentì a malincuore a usare la forchetta. Masticavano con potenza, concentrati, silenziosi. Non era un pasto allegro. Quanto ci vorrà per portare un po' di risate qui dentro?, si chiese il Vecchio.

Dopo rimasero seduti a lungo senza parlare. Isi con le mani sulla pancia, sazia e tranquilla, capace di godersi il momento; i maschi più agitati, comunque incapaci di restare fermi per molto. «Dài, andiamo» disse il Vecchio infine, messa sotto controllo la fatica.

Fuori dalla cucina, da un passaggio buio si alzava una scala stretta di pietra col corrimano di metallo. Salì, seguito dagli altri, uno per gradino, vicinissimi, una sola cosa. Sbucarono in un corridoio altrettanto stretto, con file di porte da una parte e dall'altra. Dentro, i lettini di ferro ospedalieri che un tempo dovevano essere stati riservati alla servitù. Alcuni vuoti, scheletri di sonno, altri occupati per metà da materassi a righe ripiegati in due. In fondo un bagno di piastrelle bianche e nere, completamente spoglio tranne che per un antico spazzolino da denti rosa abbandonato nel bicchiere sul lavandino, e una scheggia di sapone, rosa anche quella, posata come un'unghia sulla ceramica candida.

«Sì, sì» disse il Vecchio fra sé. «Staremo bene.»

La bellezza

Ormai la meraviglia era passata. Quella prima sera, quando dopo aver visitato la casa in lungo e in largo, perdendosi e ritrovandosi, intimiditi dal buio che filtrava e copriva ogni cosa, erano entrati nel salone grande, il Vecchio d'istinto aveva premuto l'interruttore annidato in una pausa tra tutti quei disegni e i tre lampadari s'erano accesi tutti insieme. Lui aveva ritirato la mano come se avesse sentito una scossa, e la luce frantumata dalle catenelle di cristallo, ciascuna una collana d'arcobaleno in sé, aveva inondato gli affreschi: le dame affacciate alla balconata dipinta, i bambini, un uccello dalla lunga coda in bilico sulla balaustra, cani, uno spaniel, un levriero; cani e basta nella spiegazione che aveva inflitto ai bambini senza essere nemmeno sicuro che ascoltassero, figuriamoci capire, ma bisognava pur riempirlo di parole, quel momento. Il pittore appollaiato sulle impalcature, figuriamoci; i colori, i pennelli, rappresentare la vita com'è e come non è e come sembra. A un certo punto s'era ascoltato e si era sentito uno stupido, uno di quegli adulti che una volta trascinavano bambini impazienti per i musei con la certezza che i loro giovani cervelli spugnosi si bevessero tutto. Comunque erano stati zitti. E più tardi, consumata un'altra dose di pasta condita con olio e stavolta coperta di zucchero, li aveva sistemati nei lettini ed era passato tra loro per la buonanotte, e Udo gli aveva detto: «Qui è tutto bianco.

Tutto.» Lui non aveva capito. Aveva pensato che alludesse al vuoto delle pareti dopo il tripudio di figure e tinte delle sale grandi, e aveva detto «Sì, per dormire meglio», come in una fiaba che qualcuno doveva avergli raccontato vite e vite prima.

Aveva chiuso le porte, ridisceso le scale ed era tornato da solo nella sala grande. Aveva riacceso la luce, e poi l'aveva spenta; le creature annidate sui muri sembravano volerlo accerchiare. Era troppo. Troppa bellezza a riempire i loro vuoti. Lui da piccolo sognava di fare il pittore, le cose che si dicono a cinque, sei anni quando un adulto fa la domanda banale e immancabile. E adesso tutta quella benedizione, tutta quella meraviglia negli occhi. Si avvicinò alla portafinestra centrale, alta e arcuata. Fuori, sotto una luna luminosa come un fanale, si stendeva un paesaggio che sembrava essere stato disegnato per prolungare la meraviglia. Non c'erano le scatole basse e brutte delle fabbriche, le ciminiere, o catene di case tutte uguali, e nemmeno grandi strade; solo qualche tetto che spuntava tra ciuffi di alberi, in un disordine studiato, e piccoli nastri d'asfalto che si snodavano senza fretta, da percorrere senza fretta.

Ricominciare dalla bellezza, si disse. Sarà più facile? Pensò ai compagni, agli altri Vecchi che in quel momento, con la luce o nel buio, sparpagliati in tutti gli angoli del mondo, facevano la stessa cosa, o ci provavano. Ripartivano dalle loro manciate scarse di semi, dal lavoro meccanico, dalla pazienza. Certo c'erano posti ben peggiori, senz'acqua, senza luce, senza cibo. Posti in cui il nulla di adesso si sovrapponeva al nulla di prima. Posti pericolosi.

Lì invece sembrava che nulla potesse disturbarli. Non c'erano lupi, orsi, belve avide di riprendersi territori usurpati da tempo; non c'erano pericoli apparenti o visibili.

Sarà più facile?, si chiese di nuovo. Chissà come, non ne era così sicuro.

Allo specchio

Isi si era affezionata alla Sala del Cane. Che era rossiccio, basso, un animaletto da compagnia, non una di quelle bestie eleganti fatte per la caccia e il passeggio che popolavano altri affreschi. Il Vecchio l'aveva sorpresa una mattina da sola al centro del vasto spazio, a faccia in su, intenta, immobile, e quando si era avvicinato lei si era posata l'indice sulle labbra. «*Sssh.* Altrimenti mi trovano.»

«Come hai fatto?» disse lui, pianissimo, stupito di come fosse riuscita a scrollarsi di dosso gli altri.

«Nascondino» sussurrò lei.

«Non vuoi vincere?»

«Io voglio perdere e restare sempre qui.» E parlando non aveva mai distolto lo sguardo dal suo botolo: stava lì, guardinga, come aspettando che si sporgesse ancora un po' dalla balaustra dipinta, ancora un po', troppo, e le cadesse tra le braccia. Nessuna delle donne lì accanto avrebbe fatto niente per fermarlo.

Ce la ritrovava tutti i giorni: quando faceva un rapido appello mentale dei bambini – non poteva costringerli a restare sempre insieme, dovevano imparare ad arrangiarsi – e lei non c'era, si avviava senza esitare verso la Sala del Cane e la trovava lì. Non guardava più in alto, però; si sedeva per terra in un angolo e giocava un suo gioco di piccoli sassi e vetri smussati presi dalla tasca, li disponeva in fila, li spostava col piatto della mano, tranquilla e solitaria. Sempre gli chiedeva di tacere; e lui, accertata la sua presenza, se ne andava senza far rumore né fare la spia.

Aveva anche pensato di procurare loro qualche animale vero; dovevano pur essercene nei dintorni, bestie da cortile sfuggite alle fattorie e diventate selvatiche, gattini, maiali, anatre, capre, magari un asino. Occuparsi di altri esseri viventi era importante, per i bambini, per distrarli da sé stessi. Ma si era molto impegnato a ridestare il frutteto, che prometteva parecchio, e non aveva avuto tempo di andare in esplorazione lì intorno.

Quando il cucciolo arrivò per conto suo, come succede in tutte le campagne, sorrise: era come se qualcuno l'avesse mandato fin lì per accontentare il suo desiderio. Era grazioso come tutti i cuccioli finché non danno chiaro segno di ciò che diventeranno, ancora morbido, ancora incerto sulle zampe. Si stagliò sulla porta del capanno degli attrezzi, dove il Vecchio stava affilando una falce per far fuori le erbacce che soffocavano i solchi: una sagoma, l'idea di un cane, il primo cane del mondo. «Vieni» gli disse il Vecchio, accoccolandosi per tendergli una mano vuota. Non aveva paura. Si avvicinò e gli leccò il palmo come se contenesse qualcosa di buono.

«Io lo so che cosa farne di te» disse il Vecchio, e lo prese in braccio. Non immaginava che stringere a sé quel mucchio di pelo gli avrebbe fatto tanto effetto. Coi bambini evitava ogni contatto che non fosse necessario; faceva parte delle regole, e lo capiva benissimo. Meno si affezionavano, meglio era. Ma ci sono vuoti che non si calcolano, che nessuna regola può definire.

Si alzò col cucciolo stretto al petto e andò direttamente verso la Sala del Cane prendendo la scala di servizio. A quell'ora i bambini, gli altri, sarebbero stati tutti fuori, sparsi e spersi nelle loro occupazioni. C'erano ore in cui li lasciava totalmente liberi e non voleva nemmeno sapere che cosa facessero.

Ma Isi era immancabile al suo posto. Seduta sul gradino della portafinestra che dava sul balcone al centro della facciata, scolpita dalla luce del mattino che le pioveva sopra e attorno, isolandola. Aveva trovato da qualche parte un quaderno e delle matite – lui se n'era accorto e non aveva fatto commenti – e sembrava che colorasse qualcosa, concentrata. L'andirivieni della piccola mano stretta a pugno attorno alla matita, in un modo che qualunque maestra del mondo di prima avrebbe deplorato. La lingua fra i denti. Riconobbe i suoi passi e non alzò nemmeno lo sguardo dal suo lavoro. Il Vecchio sorrise fra sé: Sono così poco importante. Meglio. È così che dev'essere.

Si sedette accanto a lei. Solo allora Isi dovette accorgersi di qualcosa, di un altro respiro nel respiro del Vecchio, o di un odore – quel caldo, polveroso odore di cane. Solo allora fermò la mano e lo guardò.

Se aveva immaginato meraviglia, gioia, tenerezza, si era sbagliato. Degnò di uno sguardo rapido il pelo bianco e nero, la lingua rosa penzolante come un nastro, il naso bagnato, gli occhi lucidi, e tornò a colorare, come prima. Il Vecchio vide che stava riempiendo la pagina di tratti di grafite. Non era un disegno, era un muro di polvere di matita, quasi lucido sul ruvido del foglio.

Avrebbe dovuto alzarsi e andarsene, indifferente. Ma era quasi offeso, e la cosa che più lo irritava era sentire così acuta la delusione. Represse i sentimenti – maledetta erbaccia, sempre pronta a venir su – ma non poté non fare la domanda, almeno una, detta con la voce più indifferente che poteva: «Non ti piace?»

«No.»

«È un cane.»

«Lo so.»

«Pensavo che ti piacessero i cani.» Stava dicendo troppo, tutto. Ma doveva capire.

«Mi piacciono. Sono belli, quindi mi piacciono» disse Isi.

«Non lo vuoi, un cane?»

«No.»

«Ma io pensavo...» La solita storia. Ma io credevo, ma io pensavo. Gli altri non si conoscono mai abbastanza. Soprattutto se sono bambini nuovi scaraventati in un mondo nuovo, senza le regole. Non c'è niente da pensare. C'è solo da guardare, da ascoltare, si disse il Vecchio. Aspettò.

Silenzio. Isi spontaneamente non avrebbe detto altro. Era a tre quarti dell'opera, la pagina un lago grigio grafite. Piena, eppure vuota.

«Cosa fai?» L'altra domanda stupida, la domanda ennesima dell'adulto che non sa cosa dire a un bambino. Come ti chiami, quanti anni hai, cosa vuoi fare da grande. Cosa fai adesso. 'Non lo vedi da te?' La risposta meritata, insolente, che però non venne.

Posò a terra il cucciolo, che cominciava ad agitarsi: quello trotterellò via annusando gli orli della sala come se trattenessero aromi squisiti. Lui aspettò ancora, deluso, curioso. Più curioso che deluso.

«Come mai fai quella... quel... disegno?»

Isi si strinse nelle spalle. Un'altra domanda inutile.

«Perché ti piace tanto questo posto? Questa sala, dico. Ti trovo sempre qui.»

Il guscio incrinato, finalmente. Isi alzò lo sguardo dall'opera, senza smettere di muovere il polso, tanto lo spazio si riempiva da sé nell'andirivieni preciso della mano. Negli occhi – così remoti, quegli occhi, il bianco lattiginoso come albume di un grosso uovo, il bruno opaco che sbordava e si perdeva appena ai margini – un incendio di curiosità e qualcosa di simile allo stupore. La bambina sospirò, come se parlare le costasse comunque. Guardò dritto davanti a sé, poi, come senza volerlo, in su. Non verso il cane che continuava a infilare il muso tra le colonnine, deciso a farsi del male serio. No, più su. Verso la donna che china a metà lo tratteneva affondandogli una mano sul dorso, stringendo tra le dita le pieghe calde del pelo, come aveva fatto lui poco prima col cucciolo. Lo sentì come se fosse lì, come se fosse lui per un attimo la creatura attenta al pericolo e al male altrui. Non aveva mai fatto molto caso alle poche figure umane che incombevano tra la parete e il soffitto, quella sala l'aveva colpito molto di più per gli animali: c'era perfino un ghepardo annidato tra i palmizi, un quadro nel quadro, sopra il colonnato, e poi pennuti di tutte le misure, un cinghiale, un falco in volo. E il cane.

Doveva essere una serva, lo si capiva dagli abiti semplici, dalla camicia aperta, con le maniche larghe e molli, e dall'espressione quasi sofferente della fatica accumulata nel corso degli anni. Accanto a lei la signora della casa, gonfia nel suo vestito di un blu polveroso, le perle al collo e sulle dita, i riccioli biondi scappati all'acconciatura complicata, un sorriso benigno in volto, sembrava una bambola da esporre e non toccare.

«Perché è come me» disse Isi, semplicemente. Il Vecchio guardò meglio in su, quel volto spiegazzato dalle rughe, l'espressione dura di chi conosce da sempre solo il lavoro e la fatica, un brillio ostinato negli occhi piccoli.

«Ma lei è grande» disse il Vecchio, cercando di provocare.

«Grande, piccola, cosa c'entra? È come me, non vedi?» E si scoprì l'avambraccio, stropicciando la pelle con l'indice della destra. «Le altre no.» Gli angeli danzanti, le damigelle, le domestiche: tutti come la signora in blu. Tutti bianchi. «Io sono da sola, così.»

Isi lo guardò con sufficienza, poi riprese a maltrattare il suo non-disegno. La pagina era quasi tutta nera anche quella.

Il Vecchio disse: «Vieni con me.»

Aveva scoperto appena sotto le soffitte una stanza che doveva essere stata un guardaroba, una sala prove per balli ed esibizioni. Era foderata di specchi, di tutte le misure, alti e bassi, a cavalletto e appesi. Ovunque ti guardassi ti vedevi incorniciato in una forma diversa, ed eri diverso anche tu, diverso ma uguale, e ogni gesto si ripeteva mille e mille volte, come in un'eco di movimento. Aveva pensato di tenere il prodigio per un giorno di noia o sconforto; ed ecco che si rendeva utile.

Spinse dentro Isi tenendola per le spalle, le disse «Chiudi gli occhi» e in sovrappiù le spostò i palmi delle manine a cucchiaio sopra le palpebre. Poi andò ad aprire le finestre. La luce incendiò le superfici, rimbalzò sugli ori pallidi e sui riccioli di legno.

«Adesso puoi aprirli» disse il Vecchio.

Isi obbedì, e rimase attonita. Continuava a voltarsi verso uno specchio e poi un altro per inseguire e ritrovare il proprio riflesso, come se uno fosse diverso dall'altro, stupefatta, un piccolo sorriso che le distendeva le labbra piene. Era dappertutto; e il Vecchio capì che si vedeva com'era. Una e tante.

«Un giorno» le disse «questo mondo, questa casa sarà piena di bambine come lei, e lei, e lei» e indicò solo alcune delle immagini che rimbalzavano incontro a loro, i sorrisi sempre più sicuri. «Non sarai più da sola. Non sarai più la sola.»

«Un giorno quando?» chiese Isi.

«Bisognerà aspettare, avere pazienza. Ma arriveranno» rispose il Vecchio.

Ci sarebbero voluti anni. Isi era ancora una bambina. Ma avrebbero invaso le stanze, corse di piedini sul legno, ditate sul marmo, scarabocchi sopra la pietra. Facce negli specchi, prima uguali, poi sempre diverse, sempre di più.

«Allora aspetto» disse Isi, e lasciò cadere a terra la matita, che rotolò sul pavimento fino a fermarsi contro la parete.

Correzioni

Adesso basta. Non ne poteva più di avere paura. Non poteva continuare.

«Io lo so cosa fare» disse fra sé. Nessuno lo ascoltava mai, era il più piccolo, e si era abituato a parlarsi, gli dava un certo conforto.

Andò in cucina, attraversando la villa con la sicurezza di chi è a casa. Il fuoco riposava dentro il grande camino, la dolce luminescenza delle braci accesa nel buio. Si avvicinò. Era come se il caldo gli respirasse addosso, lo circondasse. Col caldo ci si sente più forti. Raccolse un legnetto carbonizzato solo per metà che era rotolato via dal cuore del falò: le fiamme vi avevano lasciato una crosta grigia e nera, staccando e gonfiando la corteccia dal cuore.

Attraversò i corridoi a passo di felpa. Il pavimento era gelido sotto i suoi piedi scalzi; aveva sempre freddo. Sarebbe rimasto volentieri incollato al camino, gli piaceva quell'odore di fumo e polvere e legna bruciata, lo faceva sentire sicuro. Ma bisognava fare le cose, come diceva il Vecchio. Lo diceva un sacco di volte: «Imparate tutto quello che c'è da imparare, sbrigatevi. Fate le cose da soli. Poi dovrete arrangiarvi. Io non ci sarò sempre.» Ma non ci aveva creduto nessuno, lui era sempre lì, c'era per loro, c'era. Vero che c'era?

Bambina Bianca era lì: non era andata in giro, quella notte, forse faceva troppo freddo anche per lei.

Sfiorò la tenda con la punta delle dita: niente. Non era morbida, non era di stoffa, non cedeva al suo tocco. Bambina Bianca l'aveva giocato un'altra volta, era riuscita di nuovo a tornare dentro il muro prima che lui la prendesse, e lo guardava beffarda con quel mezzo sorriso, la faccia tonda, le braccia grosse, i polsi robusti, le mani grasse. Dev'essere una che mangia tanto, si disse. Si vede che per lei trovare il cibo non era un problema, certo non doveva nemmeno spaccarsi la schiena nel frutteto. Chissà dove lo nascondevano, il cibo che mangiavano, e dovevano pur mangiare, tutte quelle persone delle pareti. Ma non lo si vedeva da nessuna parte, c'era soltanto una tavola apparecchiata, lunga e bianca, in un'altra stanza, lontana, e nessuno era arrivato e si era seduto a mangiare, non ancora.

Alzò il legnetto e glielo passò sulle guance. Due macchie grandi. Un passo indietro per studiare l'effetto: no, così era soltanto ridicola. Lasciò cadere il ramo e avvicinò il polpastrello dell'indice e quello del medio al nero. Stropicciò, prima piano, poi sempre più sicuro. Ecco, così. La macchia si allargava e si sfumava insieme. Bastava premere più forte, poi stropicciare un po' per ottenere sfumature diverse. Il nero si sbiadiva verso gli occhi e nelle pieghe del collo, si schiariva all'attaccatura dei capelli. «Adesso mi assomigli» disse. «Adesso sei Bambina Nera, e non mi farai paura mai più.»

La mattina il Vecchio fissò l'affresco con meraviglia: dal fondo della sala grande lo fissava una ragazzina che avrebbe potuto essere la gemella di Go se non fosse stato per i vestiti antichi, la gonna lunga, il grembiule, e i capelli ramati che sfuggivano alla coda. Trattenne il respiro. Poi scoppiò in una lunga risata, gettando indietro la testa per godersela di più. Era amareggiato? No. Scandalizzato? No. Divertito? Nemmeno. Si poteva soltanto ridere. Tutto era destinato a cambiare, a trasformarsi: era assurdo pensare che quei gioielli di un tempo svanito potessero essere preservati. Per chi? A che scopo? Ci sarebbero voluti decenni prima che il passato tornasse a essere importante. La Storia: com'era lontana. C'erano soltanto le loro piccole storie di ogni giorno. Contava solo il momento, l'oggi, e semmai una vaga idea di domani verso cui correre scansando i mille rischi della vita quotidiana. Il passato era lontano; bisognava lasciarlo andare. E quell'ingannevole bambina dipinta sulla porta seicento anni prima per prendersi gioco degli ospiti non aveva speranze, perché era morta, era sempre stata morta. Loro invece erano vivi, e si riprendevano il mondo, ed era giusto così.

Pietre

«Non sono mai stanchi?»

Rah guardava di sotto in su le statue affaticate, l'angolo acuto dei gomiti piegati a sorreggere la pietra, lo sguardo di chi non riesce più a guardare davanti a sé. Reggevano un edificio intero sulle mani e sulla schiena, un edificio piccolo, certo, rispetto alle dimensioni della villa, con una gran vasca piena d'acqua verde immobile davanti, nel cuore del bosco. L'avevano scoperto in una delle prime esplorazioni ma non ci erano più tornati, perché le poche stanze erano vuote, e inutili.

«Sono finti, Rah. Sono di pietra. Non sentono niente.» Il Vecchio contemplò le figure, più grandi di un umano, ritte sui piedistalli che le facevano apparire ancora più alte e temibili.

«Ma cosa dici? Guarda che facce che fanno. Certo che sentono. Sentono che sono stanchi.»

Il Vecchio passò una mano nei capelli fitti del bambino; le dita s'impigliarono dentro i ricci; cercò di districarle senza fargli male. «Sono statue. Sono fatte di sassi, ma grandi. Scolpiti.» Si spazientì con sé stesso. «Sassi da cui togli il sasso. Un po' alla volta. Poi vengono fuori.»

Rah si chinò a raccogliere una pietra ovale, bianca, grande. «Vuoi dire che prima erano così?» Lo guardò incredulo.

«Così, ma più grandi. Poi si prende il martello, lo scalpello...» Il Vecchio esitò. Ogni parola un problema, un'immagine da cercare per definirla. Che fatica. Forse troppa. «Si batte» tentò di nuovo, mimando il gesto. Non si aspettava che il bambino capisse, ma doveva arrivare fino in fondo, e smetterla di cercare scorciatoie. Forse era il solo modo. Essere chiari, indiscutibili. Non è questo che vogliono i bambini dai grandi?, si disse. Certezze. E se dovessi spiegargli cos'è una certezza? Una cosa che non può essere se non così. Una cosa sicura, che non si muove. Tipo una statua.

Le parole, si disse il Vecchio, sono precise, però a volte non bastano. Stava riflettendo su come andare avanti quando Rah gli piantò in faccia i grandi occhi scurissimi. Non aveva smesso di rigirarsi la pietra tra le mani, come un grumo di pasta o una polpetta di sabbia. «Ho capito» disse. «È tipo un uovo, che poi esce il pulcino. Giusto?» Gli piantò in faccia i grandi occhi scurissimi.

Il Vecchio gli restituì lo sguardo. Immaginò enormi baccelli di pietra rosata, di marmo bianchissimo, di tufo quasi morbido, e figure che si agitavano sotto la superficie tesa del sasso, fino a frantumarla; che si scrollavano di dosso i frammenti e ne uscivano nuove, perfette, lisce. Mancava tutta la fatica, il tormento dello scultore, le sue scelte, il gioco della forza e dell'attenzione. Ma era bello figurarsi una scena così. «Giusto» disse infine. Rah sorrise e s'infilò la pietra in tasca.

Noi e loro

Non arrivarono inaspettati. Il Vecchio l'aveva ripetuto come una cantilena, tanto che l'avevano imparata senza nemmeno rendersene conto: «*Verranno altri come voi, qui un tempo viveva molta gente, forse qualcuno ce l'ha fatta. Verranno a cercarvi, e voi li accoglierete, dividerete quello che c'è. Non parleranno la vostra lingua, ma vi capirete. Sarà meglio, dopo. Qui c'è molto spazio da riempire. Sarà più facile. Vi aiuteranno, forse sapranno fare cose che voi non sapete. Starete insieme.*»

Fu comunque una sorpresa. Sotto la polvere, il fango che incrostava piedi e gambe, erano pallidi come le genti dell'affresco; e per questo sembravano anche più sporchi. Occhi strani, come il cielo, come le foglie degli alberi grandi, come le nocciole. Tutti magri. Se li trovarono davanti una mattina spalancando la grande portafinestra che dava sulla scala. Era primavera, l'aria faceva bene dentro e fuori. Ed eccoli lì schierati, scalzi, vestiti di stracci come una piccola folla che tenta una piccola protesta.

«Sembrano... com'è che diceva il Vecchio? Selvaggi.» «*Vi sembreranno selvaggi, ma voi eravate come loro, cercate di non dimenticarvelo.*» Avevano riso, era così che li chiamava quando si arrabbiava: «*Siete dei selvaggi.*» Era diventata una parola d'affetto, detta da lui che di parole ne spendeva poche per tutto, e fu così che la pronunciò Go, senza alcuna cattiveria.

Il più alto – aveva occhi d'acqua in un bicchiere – disse qualcosa. Si guardarono: non capivano. Si limitarono ad ascoltare i suoni, suoni taglienti, incomprensibili come versi di animali mai visti.

Una delle due ragazzine, i capelli un covo di paglia sporca, starnutì.

Rah si riscosse. «Hanno freddo.»

Isi corse via per tornare poco dopo con quattro drappi di lana scura, quasi rigidi. Coperte da cavallo, le chiamavano in un'altra vita, quando c'erano molti cavalli da coprire. «Sono sporchi. Per adesso va bene così» spiegò lei, pratica. E corse verso la cucina.

Stavano lì, spostandosi da un piede all'altro. Con le coperte sulle spalle avevano l'aria ancora più derelitta. E il ragazzino più piccolo si grattava furiosamente le braccia. Poi passò alla testa.

«Avranno i pidocchi» disse Rah arricciando il naso.

«Basta lavarli» disse Udo.

«Prima riempiamogli la pancia» disse Isi, che era tornata con un bricco e quattro tazze sbeccate. Versò il latte; fumava appena. Distribuì le tazze, e li guardò soddisfatta bere a piccoli sorsi di delizia. Il più piccolo ruttò. Tutti risero, e Go gli fece goffamente il verso, sforzando uno sbuffo d'aria nella gola. Risero ancora.

Fu tutto molto semplice. Li spinsero nel bagno, mostrarono loro l'acqua calda, come lavarsi. Dai bauli trovati in soffitta – avanzi di spettacoli teatrali messi in piedi lì, dove non c'era bisogno di scenografie – pescarono giacche, camicie, braghe, corpetti. C'erano anche le scarpe, le stesse che si erano abituati con qualche riluttanza a portare anche loro, pianelle che rendevano il passo silenzioso come di pelle di piede, ma riparavano dalle schegge e dal freddo. E quando li videro ricomparire, i capelli umidi e tirati indietro a scoprire le facce, le guance prive d'ombra, rimasero allibiti.

«È come se...» cominciò Isi.

«Sì, hai ragione» annuì Udo.

Rah riuscì a completare il pensiero monco. «Sono venuti giù dai muri o cosa?»

Erano gli stessi bambini, erano proprio quelli, e non lo sapevano. Go si strinse nelle spalle e non disse niente. Magari c'era anche il fratello della Bambina Bianca che non era più Bianca. Magari si sarebbe vendicato. Cercò di farsi più piccolo, invisibile.

Isi fu attraversata da un sospetto. «Ma allora questo posto...»

«È loro? Vuoi dire che appartiene a loro? Non credo» fece Udo, ostentando sicurezza. «Comunque siamo arrivati prima noi. E poi non li vedi? Non parlano. Non sanno niente.»

Ma prima o poi si sarebbero riconosciuti. Specchiati negli affreschi. Forse avrebbero ricordato qualcosa, o forse no. Udo sospirò, un'abitudine che aveva preso dal Vecchio. Se tu fossi qui, pensò, sarebbe tutto più semplice. Sapresti cosa fare. «E se ci mandano via?» Rah diede voce al dubbio di tutti.

«Vi ricordate cosa diceva il Vecchio? 'Avranno bisogno di voi. E voi di loro. Imparerete a stare insieme.'»

«Ma come si fa?» chiese Isi.

«Quello che non si sa fare si impara» rispose, e si stupì, perché non l'aveva pensato: gli era solo venuto alle labbra, così. Non sapeva nemmeno bene che cosa volesse dire.

Ma forse non era importante saperlo. Era importante riuscirci, o almeno provarci.

Il fumo

Quello dei nuovi che si chiamava Pep, il più grande, un giorno tornò dagli orti – avevano rivelato loro l'esistenza di terrazzamenti accurati appena oltre il bosco che si stendeva dietro la casa, ben più ricchi di quelli a cui pescavano loro al momento – con un cesto pieno di carote, patate, erbette. Da qualche altra parte, non disse dove, aveva trovato un sacchetto di tela che aprì per riversarne il contenuto dentro una delle molte pentole di rame che c'erano in cucina. I chicchi colpirono le pareti della pentola con una miriade di piccole esplosioni.

Isi guardò i chicchi, sospettosa. Quel genere di cibo si riempiva di bestioline. Vi affondò la mano, certa di veder affiorare piccole farfalle grigiastre. La rivoltò. Sollevò una manciata e la fece ricadere un po' alla volta. Niente. A parte qualche chicco segnato di nero, e qualche minuscola pietra, sembrava pulito, intatto.

Pep fece un cenno alle bambine, Dora e Dina, che presero dei coltelli e pulirono, sbucciarono, mondarono la verdura. Una volta lavata la misero in un paiolo che appesero a un gancio sopra il fuoco. Aggiunsero sale, e aspettarono. Pep aggiunse un fondo di prosciutto pescato chissà dove: probabilmente possedevano una loro riserva che fino ad allora avevano tenuto segreta. Era la prima volta che condividevano il cibo.

Dopo un po' i pezzi di verdura ballavano dentro l'acqua fremente. «Una zuppa, sicuro» disse Isi. «È zuppa?»

«No» risposero le bambine in coro, con un sorrisetto saputo. Intanto Pep passava i chicchi un pugno alla volta per pulirli e li lasciava ricadere in una terrina bianca. A un certo punto smise. Avevano formato un cono, una montagna pallida. Gli altri bambini, riuniti intorno al tavolo, guardavano. Pep si alzò e tolse dall'acqua sul fuoco i pezzi di verdura cotta, disponendoli su un piatto grande. Memo, il bambino piccolo, prese una patata tra due dita e la lasciò cadere subito con uno strillo. Gli altri risero.

Mangiarono tutto, lentamente, dividendosi la dolcezza delle carote e l'aspro croccante delle erbette con quel retrogusto di fumo antico, mentre Pep, versati i chicchi nell'acqua al posto delle verdure, rimestava lentamente con un cucchiaio di legno. Aggiunse ancora un po' di sale, poi grattò il pepe da quel buffo birillo di legno. L'acqua si ritirava, un profumo caldo e colloso saliva dalla pentola. Pep assaggiò, scosse la testa, mescolò ancora, riassaggiò dopo un po'. Le bambine gli portarono una pila di piatti. Versò a mestoli il cibo cucinato e infine raggiunse per ultimo gli altri, già seduti.

Le facce erano sfocate nelle volute di fumo che salivano dal risotto caldissimo. Il Vecchio, se fosse stato lì con loro, l'avrebbe riconosciuta come una scena da *Pollicino*, un Pollicino miracolato, finalmente salvo, tornato a casa per restarci, con i suoi fratelli, la matrigna sparita per sempre, il padre pentito e contento. E un piatto caldo, buono, curato, per nutrire il sollievo.

Aspettavano tutti che Pep desse il via, riconoscendogli in silenzio il ruolo di nuova guida. Di chi ti fidi, se non di chi ti procura il cibo? E quel cibo era molto più buono della pasta, delle verdure sfilate dall'orto e ripulite alla bell'e meglio. Era curato. Al rito avevano assistito tutti, ne facevano parte. Andava bene così.

Pep prese la forchetta e allargò il riso sul piatto fino a formare un disco. Aspettò. Poi raccolse i chicchi dal bordo e inghiottì il boccone. Gli altri lo fissavano rapiti. Annuì e inghiottì. Poi fece un gesto col braccio, invitandoli. Qualcuno lo imitò con gesti meticolosi, altri, senza pazienza, raccolsero a caso i chicchi bollenti e si scottarono. Nessuno sputò. Nessuno parlò. Si studiarono a vicenda, osservando le smorfie diverse deformare le loro facce: stupore, poi amore del gusto. Pep li guardò riempirsi le bocche e le pance, e solo quando ebbero finito si ricordò di mangiare a sua volta.

«Ce la faranno?»

«La domanda è necessaria, la risposta no. Io non la conosco. Fa parte del gioco, no?»

«Il gioco? Che brutta cosa da dire.»

«Lo sai cosa intendo.»

Indicò i monitor, una quadrettatura illimitata davanti a loro, occhi che si chiudevano e si aprivano e pulsavano dando l'idea di una creatura mostruosa che ti stesse sempre spiando, e invece eri tu la spia, l'intruso, il ficcanaso. «Sai cosa mi ricordano? I negozi di elettronica di una volta, quando da tutti gli schermi accesi vedevi nello stesso momento un solo programma. Suppongo che fosse per controllare la qualità dell'immagine, la luminosità, quelle cose lì. E tu entravi e giravi e non sapevi dove guardare perché ti rimandavano tutti la stessa immagine; la stessa, ma anche un po' diversa, in un modo che non sapevi definire. Non è un po' la stessa cosa? Guarda: le isole, il continente dove tutto era già cominciato molto tempo fa, i mondi di ghiaccio, le foreste, l'acqua dei laghi, il mare, gli animali liberi. È tutto diverso eppure è tutto uguale. Noi, noi esseri umani siamo uguali, adesso che si riparte. Ma lo sai che cosa ti dico? Spero di non esserci per vedere quando arriveremo alle solite cose, le sfide, i conflitti, le divisioni. Quando si ricomincerà.»

«Ma è il solo modo, lo sai. Non si poteva riprogrammarli. Non sono macchine. Bisogna che seguano sé stessi. È la sola cosa giusta.»

«È giusta anche se è pericolosa? Anche se saremo daccapo?»

«Non è detto. Devi fidarti. Guarda.»

Lei indicò un monitor nella fascia centrale, all'estrema destra.

«E guarda lì.»

Da un altro schermo, questa volta in alto, una bambina con la pelle d'ambra e grandi occhi liquidi li fissava e faceva ciao con la mano aperta. Aveva una farfalla gialla e nera appollaiata sulla spalla, come in un cartone animato: le ali si aprivano e si chiudevano come seguendo un loro tempo. Dietro di lei un muro di giungla così verde che se ne sentiva l'umidità. La bambina sorrideva e continuava con quel suo gesto assurdo, come se il video fosse stato messo in loop e continuasse a essere trasmesso per loro uso. Lui spostò lo sguardo sulle altre file di schermi, ma no: mandavano le immagini più disparate. «Ma lo sa?»

«Che siamo qui a guardarla? Che qualcuno la guarda? Chis-

sà» fu la risposta. «Forse ci sta solo provando. Ma guarda lì. E lì.»

A destra, a sinistra, in alto, e in basso, altri bambini e bambine fissavano dritti nell'obiettivo come giornalisti pronti a lanciare il loro pezzo, solo che invece di agitare un microfono salutavano. Chi aprendo e chiudendo la mano, chi sventolandola, chi facendola arpeggiare a mezz'aria. Salutavano senza stancarsi, senza distrarsi. Alcuni con un sorriso, altri seri.

«Sono tutti impazziti» disse lui. «Hanno mangiato qualcosa, un frutto avvelenato. È una malattia.»

«Non credo» osservò lei. «Stanno solo facendo i bambini.»

«Ma non possono...»

«Sapere che ci siamo? Sono bambini, non stupidi. E comunque noi non siamo così importanti. Non siamo il centro del mondo. Anche se sanno di noi, siamo comunque troppo lontani, apparteniamo a una storia che non è la loro. Possono giusto farci ciao con la mano. Lasciali andare. Non sono più tuoi. Non sono mai stati tuoi.»

«Com'era quella poesia delle frecce e dei figli? Quando ero un ragazzo mi piaceva. Poi ho cominciato a trovarla banale.»

«La banalità alla fine non è niente di male» disse lei dopo un silenzio. «È solo qualcosa di vero alla portata di tutti. A volte si ha bisogno di intendersi sulle cose. Sulle cose semplici, quelle importanti.»

«E allora lasciamole andare, queste frecce. Non possiamo fare più niente per loro.»

«Non vogliamo *fare più niente» precisò lei. «Devono cavarsela da soli, adesso. Il mondo è tutto loro. Lasciamoglielo.»*

Lui annuì. Guardò ancora la distesa di schermi, la bambina col fiore rosa nei capelli, il bambino coi capelli neri come l'inchiostro, la ragazzina dagli occhi di un celeste di cielo. Non ne conosceva nessuno e li riconosceva tutti. Al diavolo quella stupida poesia. Erano suoi, eccome. Dovevano pur essere di qualcuno. Erano figli. I figli del mondo. Ed erano veri. Vivi.

Ce l'avrebbero fatta.

Epilogo

La bambina afferrò la lucertola che le grattava piano la spalla con gli artigli e la posò sul palmo dell'altra mano. L'animale rimase lì immobile, solo ruotando ogni tanto, a scatti, la piccola testa di drago. Sotto le squame colorate, un tetto di tegole vive, pulsava lento e regolare il respiro. «La vuoi? È mia, ma se vuoi te la presto. Fai piano, però. Non farle male.»

Il bambino davanti a lei la guardò con un'ombra di sospetto. «È feroce?»

La bambina rise. «Feroce sarai tu. Lei non fa male a una mosca. Non vedi com'è bella?»

«È bella, ma è anche brutta» disse il bambino. Con riluttanza tese la mano. La bambina ci fece scivolare sopra la lucertola.

«È fredda. E punge» disse il bambino. Dopo qualche istante si rilassò: il piccolo animale era rimasto immobile, come se non avesse cambiato mano. «Ma se la chiami ti sente?»

«Non ci siamo ancora arrivati» disse la bambina. «Ci vuole pazienza. Abbiamo appena cominciato.» E poi, dopo un'esitazione: «Ti va di restare con noi? Siamo da sole, qui.» E indicò con un gesto vago la foresta stillante alle sue spalle.

«Come fai a sapere che è una femmina?» le chiese il bambino, senza distogliere lo sguardo dalla lucertola.

La bambina alzò le spalle. «Ci sono cose che si sanno e basta.»

Il bambino annuì lentamente. «E ci sono cose che si imparano.»

«Per imparare bisogna andare a scuola, ma qui la scuola non c'è più» disse la bambina. «Il Vecchio ci aveva provato, e tutto, ma poi...» Indicò di nuovo la foresta. «Sai com'è. È per quello che sono da sola.» Si fece più seria. «Sono successe delle cose.»

«Ma non hai avuto paura?» Il bambino la fissò: un'occhiata penetrante, lunga, che non mollava.

Lei ricambiò con uno sguardo di sfida. «E tu?»

Il bambino non rispose.

La bambina sbuffò. «Alla fine a cosa serve avere paura?»

«A restare vivi» disse il bambino. Il suo sguardo si riempì d'ombre. Le restituì la lucertola. «Finché hai paura vuol dire che sei vivo.»

La bambina si strinse nelle spalle e passò l'indice sulla cresta squamosa dell'animale. «Io quando ho paura chiudo gli occhi e conto fino a dieci, e poi riconto. Me l'ha insegnato... uno che non c'è più. Penso a una cosa bella, e mi dimentico. Poi riapro gli occhi e mi sembra tutto un po' diverso, un po' meglio. Adesso cosa facciamo?» Sorrise e si risistemò l'animale sulla spalla, con un gesto tranquillo, un colpetto. Quello fece dardeggiare la lingua, una freccia azzurra, il primo segnale di vita che dava. «Andiamo a cercare un posto, dài» disse. «Ti va?»

«Che posto?»

«Non lo so. Un posto bello dove stare.»

«E dov'è?»

«Non lo so. Quando l'avremo trovato vedrai che lo sapremo.»

Si avviarono tra gli alberi, fianco a fianco, senza dire più niente.

Dal catalogo Fanucci Editore

Tweens

Il gatto dagli occhi d'oro di Silvana De Mari
Bambini nel bosco di Beatrice Masini
La bambina che leggeva i libri di Pierdomenico Baccalario
La Torre e l'Isola di Ana Alonso e Javier Pelegrín
Odore di guai di Marco Tomatis
La saga di Monster Girl Stefan Ljungqvist
L'ultima caccia di Joe R. Lansdale
La sorgente di luce di Geronimo Giglio
Il giardino segreto di Frances Hodgson Burnett
Radiance di Alyson Noël
La Spada Blu di Robin McKinley
La principessa Alanna di Tamora Pierce
Solo con un cane di Beatrice Masini
Thomas Drimm. La fine del mondo viene di giovedì di Didier van Cauwelaert
Il segreto del tiranno di Claudio Tassitano
La grande avventura di Geremia Smith di Guido Sgardoli
Typos 0.1 – Verità di Pierdomenico Baccalario
Typos 0.2 – Cartabianca di Guido Sgardoli
Typos 0.3 – Rivelazione di Tommaso Percivale
La vera storia di Una Fairchild di Marissa Burt
La bambina dai capelli di luce e vento di Laura Bonalumi
La scoperta del PolveRegno di Alessandro Gatti e Lucia Vaccarino
Diario di un Superciccio di Antony McGowan
La Profezia del Paladino di Mark Frost
La principessa guerriero di Tamora Pierce
Darcy Burdock – Storie del mio mondo di Laura Dockrill
Il custode del tempo di Claudio Comini
La fine del cerchio di Beatrice Masini

Narrativa

Maze Runner – Il Labirinto di James Dashner
Maze Runner – La fuga di James Dashner
Maze Runner – La rivelazione di James Dashner
Maze Runner – La mutazione di James Dashner
Ancillary Justice: La vendetta di Breq di Ann Leckie

Kids

Il più grande fiore del mondo di José Saramago

Il circo delle nuvole di Gek Tessaro
L'amore forte forte di Loredana Frescura e Gek Tessaro
Cin Ciao C'è di Gek Tessaro
Gli stivali raccontano: Il gatto con gli stivali di Silvia Roncaglia
Lo specchio racconta: Biancaneve di Silvia Roncaglia
Il Meraviglioso Mago di Oz di Lyman Frank Baum – ed. ril. (23,5x29,5 cm) con illustrazioni a colori
Il Meraviglioso Mago di Oz di Lyman Frank Baum
Il giardino segreto di Frances Hodgson Burnett
Le avventure di Pinocchio di Carlo Collodi
Peter Pan di James Matthew Barrie
Il giro del mondo in 80 giorni di Jules Verne
Piccole donne di Louisa May Alcott
Le tigri di Mompracem di Emilio Salgari
Alice nel Paese delle Meraviglie di Lewis Carroll
Heidi di Johanna Spyri
Il libro della giungla di Rudyard Kipling
Il giornalino di Gian Burrasca di Vamba
Pattini d'argento di Mary Mapes Dodge
Piccole donne crescono di Louisa May Alcott
Jolanda – La figlia del Corsaro Nero di Emilio Salgari
L'isola del tesoro di Robert Louis Stevenson

Collezione Immaginario Fantasy

La Ruota del Tempo vol. 1 – L'occhio del mondo di Robert Jordan
Il risveglio dell'Ombra di Luca Trugenberger
L'apprendista assassino di Robin Hobb
La Ruota del Tempo vol. 2 – La grande caccia di Robert Jordan
Il mondo di Lythande di Marion Zimmer Bradley
La leggenda dei Drenai di David Gemmell
Le spade dei Drenai di David Gemmell
La Ruota del Tempo vol. 3 – Il drago rinato di Robert Jordan
L'assassino di corte di Robin Hobb
La Ruota del Tempo vol. 4 – L'ascesa dell'ombra di Robert Jordan
L'ultimo eroe dei Drenai di David Gemmell
Il risveglio della magia di Jude Fisher
Il re degli alberi di Greg Keyes
La Ruota del Tempo vol. 5 – I fuochi del cielo di Robert Jordan
Il viaggio dell'assassino di Robin Hobb
Magia selvaggia di Jude Fisher
Il lupo bianco di David Gemmell
Nuova primavera di Robert Jordan
Il principe delle ombre di Greg Keyes
La Fonte ai confini del mondo vol. 1 di William Morris
Petali e sangue di K.J. Bishop
La Ruota del Tempo vol. 6 – Il Signore del caos di Robert Jordan

La nave della magia di Robin Hobb
La nave in fuga di Robin Hobb
Le Cronache di Thomas Covenant l'Incredulo vol. 1 – La conquista dello scettro di Stephen R. Donaldson
La Rosa del Mondo di Jude Fisher
Nessun dove di Neil Gaiman
La nave dei pirati di Robin Hobb
La nave della pazzia di Robin Hobb
Le Cronache di Thomas Covenant l'Incredulo vol. 2 – La guerra dei Giganti di Stephen R. Donaldson
La Ruota del Tempo vol. 7 – La corona di spade di Robert Jordan
Temeraire: Il drago di sua Maestà di Naomi Novik
Il cavaliere sanguinario di Greg Keyes
Temeraire: Il trono di giada di Naomi Novik
Il risveglio dell'assassino di Robin Hobb
La ruota del Tempo vol. 8 – Il sentiero dei pugnali di Robert Jordan
Il destino degli Eldowin di Laura Iuorio
La furia dell'assassino di Robin Hobb
Il nome del vento di Patrick Rothfuss
Temeraire: La guerra dei draghi di Naomi Novik
La Ruota del Tempo vol. 9 – Il cuore dell'inverno di Robert Jordan
Il destino dell'assassino di Robin Hobb
Le Cronache di Thomas Covenant l'Incredulo vol. 3 – L'assedio alla rocca di Stephen R. Donaldson
Temeraire: L'impero d'avorio di Naomi Novik
Un regno in ombra di China Miéville
Mistborn – L'Ultimo Impero di Brandon Sanderson
La città dei poeti di Daniel Abraham
Le spade del giorno e della notte di David Gemmell
La nave del destino di Robin Hobb
Mistborn – Il Pozzo dell'Ascensione di Brandon Sanderson
La Nuova Regina di Greg Keyes
La Ruota del Tempo vol. 10 – Crocevia del crepuscolo di Robert Jordan
Lo spirito della foresta di Robin Hobb
Harold il ladro di Aleksej Pechov
Il custode del drago di Robin Hobb
La Ruota del Tempo vol. 11 – La lama dei sogni di Robert Jordan
Il mago della foresta di Robin Hobb
L'ultima profezia del Mondo degli Uomini di Silvana De Mari
Sunshine di Robin McKinley
La Ruota del Tempo vol. 12 – Presagi di tempesta di Robert Jordan e Brandon Sanderson
Il rifugio del drago di Robin Hobb
Mistborn – Il Campione delle Ere di Brandon Sanderson
L'uomo senza nome di Aleksej Pechov
La paura del saggio di Patrick Rothfuss
Il guardiano della città perduta di Daniel Polansky
La macchina del presagio di Terry Goodkind

I rinnegati della foresta di Robin Hobb
Io mi chiamo Yorsh di Silvana De Mari
La Via dei re di Brandon Sanderson
La Ruota del Tempo vol. 13 – Le Torri di Mezzanotte di Robert Jordan e Brandon Sanderson
Il sigillo del cavaliere di Guo Jingming
La rinascita di Shen Tai di Guy Gavriel Kay
Il Conciliatore di Brandon Sanderson
La città dei draghi di Robin Hobb
L'ultima profezia del mondo degli Uomini. L'epilogo di Silvana De Mari
La leggenda di Magda Searus di Terry Goodkind
La Ruota del Tempo vol. 14 – Memoria di Luce di Robert Jordan e Brandon Sanderson
Attila di William Napier
Il Libro segreto del Signore Oscuro di Paul Dale
Il canto del sangue di Anthony Ryan
Il legame del drago di Thea Harrison
Elantris di Brandon Sanderson
La luna che uccide di N.K. Jemisin
L'araldo della tempesta di Richard Ford
La figlia della spada di Steve Bein
Il cuore della tempesta di Thea Harrison
I mille nomi di Django Wexler
Steelheart di Brandon Sanderson
Malice – La Guerra degli Dèi di John Gwynne
Oversight di Charlie Fletcher
Drakenfeld di Mark Charan Newton
Il trono della Luna Crescente di Saladin Ahmed
Il signore della torre di Anthony Ryan
Parole di luce di Brandon Sanderson
Il bacio del serpente di Thea Harrison
L'Anno del Demone di Steve Bein

Per consultare il nostro catalogo
visita il sito www.fanucci.it
e iscriviti alla newsletter
per essere continuamente aggiornato
sulle nostre pubblicazioni.
Seguici su:

aNobii

e sul blog Fanucci Editore, www.fanucci.it

Finito di stampare nel novembre 2014 presso
Puntoweb - via Variante di Cancelliera snc - Ariccia (RM)
Printed in Italy